（東漢）許　慎　撰

仿宋本說文解字

廣陵書社

中國・揚州

圖書在版編目（CIP）數據

仿宋本說文解字 / （東漢）許慎撰. -- 揚州 : 廣陵書社，2014.4
ISBN 978-7-5554-0103-2

Ⅰ. ①仿… Ⅱ. ①許… Ⅲ. ①《說文》 Ⅳ. ①H161

中國版本圖書館CIP數據核字(2014)第084366號

ISBN 978-7-5554-0103-2

9 787555 401032 >

仿宋本說文解字

撰　者　（東漢）許　慎
責任編輯　王志娟
出版人　曾學文
出版發行　廣陵書社
社　址　揚州市維揚路三四九號
郵　編　二二五〇〇九
電　話　（〇五一四）八五二二八〇八八　八五二二八〇八九
印　刷　揚州文津閣古籍印務有限公司
版　次　二〇一四年四月第一版第一次印刷
標準書號　ISBN 978-7-5554-0103-2
定　價　捌佰圓整（全肆冊）

http://www.yzglpub.com　E-mail:yzglss@163.com

出版説明

《説文解字》，東漢許慎撰。原書十四篇，叙目一篇。正文以小篆爲主，加以注釋。是中國第一部系統地分析漢字字形和考究字源的字書，也是流傳最廣的中文必備工具書。《説文解字》首創部首編排法，并以『六書』理論，開創了系統解釋文字的方法。該書對古文字、古文獻和古史的研究都有重大的貢獻。

《説文解字》約創始于和帝永元八年，書成于永元十二年，建光元年許慎病中，其子獻書安帝。此書自漢末流傳，幾經傳抄至唐代，已離其真。今通行本是宋徐鉉等奉敕校訂的大徐本。此本將每篇分爲上下二卷，共三十卷，于宋太宗雍熙三年十一月完成，并奉敕由國子監雕爲印板發行。新補十九字于正文中，又取經典采用而《説文》不載者四百零二字附于各部之後，稱『新附字』。

《説文解字》版本較多。現存最早的版本是唐寫本殘卷。另外，各時代所刊印有代表性的版本大致有：一、晚明毛晋和毛扆刊刻汲古閣本，通行的是第五次剜改本。二、清乾隆三十八年朱筠在汲古閣刊刻本基礎上的仿宋重刊本。三、清嘉慶十二年額勒布刻鮑惜

分所藏宋本，即藤花榭本。四、清嘉慶十四年孫星衍重刊仿宋小字本，即平津館本。五、王昶所傳小字本，即《續古逸叢書》和《四部叢刊初編》影宋刊本。六、番禺陳昌治于清同治十二年據孫星衍的平津館叢書重刻爲一篆一行本。此本目前流行最廣，我社曾于二〇〇三年一月影印出版。

藤花榭，是清滿洲正紅旗人額勒布（一七四七—一八三〇）的書齋名。額勒布姓索佳氏，字履豐，號約齋。清嘉慶丁卯年額勒布以藤花榭爲名刻《說文解字》。此本上下單欄，左右雙欄，白口，單魚尾。文字誤漏較少，字體古樸雋秀，版面疏朗，且與宋版徐本最爲接近，爲清代精刻善本。民國初年，商務印書館以藤花榭藏板摹印，命名《仿北宋小字本說文解字》行世。我社現據商務印書館本爲底本影印出版。

廣陵書社編輯部

二〇一四年四月

仿宋小字本說文解字

藤花榭藏板　商務印書館摹印

說文解字標目

漢太尉祭酒許慎記

銀青光祿大夫守右散騎常侍上柱國東海縣開國子食邑五百戶臣徐鉉等奉

勑校定

說文解字弟一

一 於悉切　丄 時掌切　示 神至切　三 穌甘切　王 雨方切　玉 魚欲切

珏 古岳切　气 去既切　士 鉏里切　丨 古本切　屮 丑列切　艸 倉老切

蓐 而蜀切　茻 模朗切

說文解字弟二

小 私兆切　八 博拔切　釆 蒲莧切　半 博幔切　牛 語求切　犛 莫交切

告 古奧切　口 苦后切　凵 口犯切　吅 況袁切　哭 苦屋切　走 子苟切

止 諸市切　癶 北末切　步 薄故切　此 雌氏切　正 之盛切　是 旨切

辵 丑略切　彳 丑亦切　廴 余忍切　㢟 丑連切　行 戶庚切　齒 昌里切

牙 五加切　足 即玉切　疋 所菹切　品 丕飲切　龠 以灼切　冊 楚革切

說文解字弟三

㗊 阻立切　舌 食列切　干 古寒切　谷 其虐切　只 諸氏切　㕯 女滑切

句 古侯切　丩 居虯切　古 公戶切　十 是執切　卅 蘇沓切　言 語軒切

誩 渠慶切　音 於今切　䇂 去虔切　丵 士角切　菐 蒲沃切　𠬞 居竦切

𠬜 普班切　共 渠用切　異 羊吏切　舁 以諸切　𦥑 居玉切　晨 食鄰切

爨 七亂切　革 古覈切　鬲 郎激切　䰜 郎激切　爪 側狡切　丮 几劇切

鬥 都豆切　又 于救切　𠂇 臧可切　史 疏士切　支 章移切　聿 尼輒切

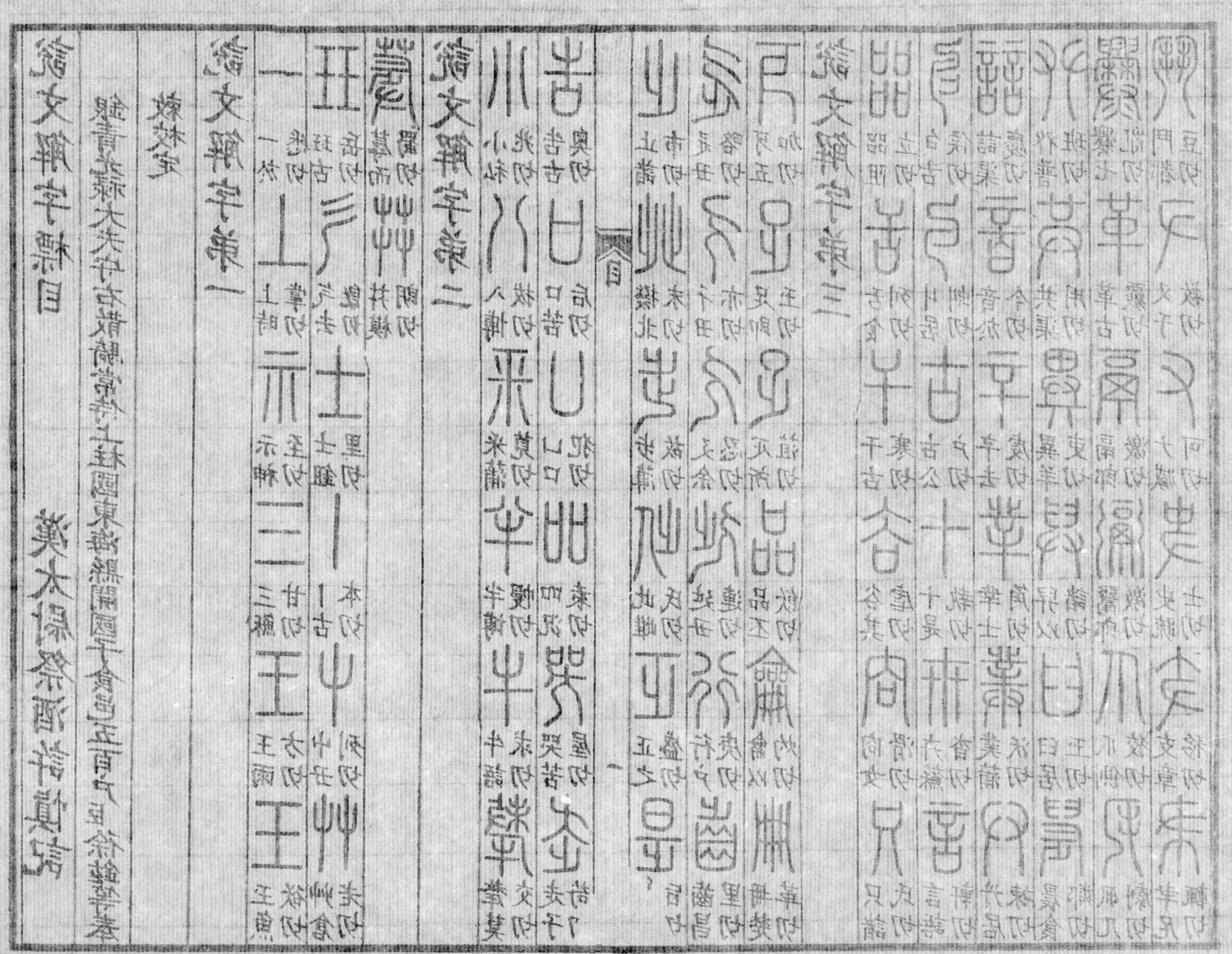

聿余律切 畫胡麥切 隶徒耐切 臤苦閑切 臣植鄰切 殳市朱切

殺所八切 几市朱切 寸倉困切 皮符羈切 㼱而兗切 攴普木切

教古孝切 卜博木切 用余訟切 爻胡茅切 㸚力几切

說文解字弟四

旻火劣切 目莫六切 䀠九遇切 眉武悲切 盾食閏切 自疾二切

白疾二切 鼻必二切 百博陌切 習似入切 羽王矩切 隹職追切

奞息遺切 萑胡官切 𦫳工瓦切 首徒結切 羊與章切 羴式連切

瞿九遇切 雔市流切 雥祖合切 鳥都了切 烏哀都切 𠦒北潘切

冓古候切 幺於堯切 𢆶於虯切 叀職緣切 玄胡涓切 予余呂切

放甫妄切 𠬪平小切 𣦼昨干切 歺五割切 死息姊切 冎古瓦切

骨古忽切 肉如六切 筋居銀切 刀都牢切 刃而振切 㓞格八切

丯古拜切 耒盧對切 角古岳切

說文解字弟五

竹陟玉切 箕居之切 丌居之切 左則箇切 工古紅切 㠭知衍切

巫武扶切 甘古三切 曰王伐切 乃奴亥切 丂苦浩切 可肯我切

兮胡雞切 号胡到切 亏羽俱切 旨職雉切 喜虛里切 壴中句切

鼓工戶切 豈墟喜切 豆徒候切 豊盧啓切 豐敷戎切 䖒許羈切

虍荒烏切 虎呼古切 虤五閑切 皿武永切 凵去魚切 去丘據切

血呼決切 丶知庾切 丹都寒切 青倉紀切 井子郢切 皀皮及切

鬯丑諒切 食乘力切 亼秦入切 會戶外切 倉七岡切 入人汁切

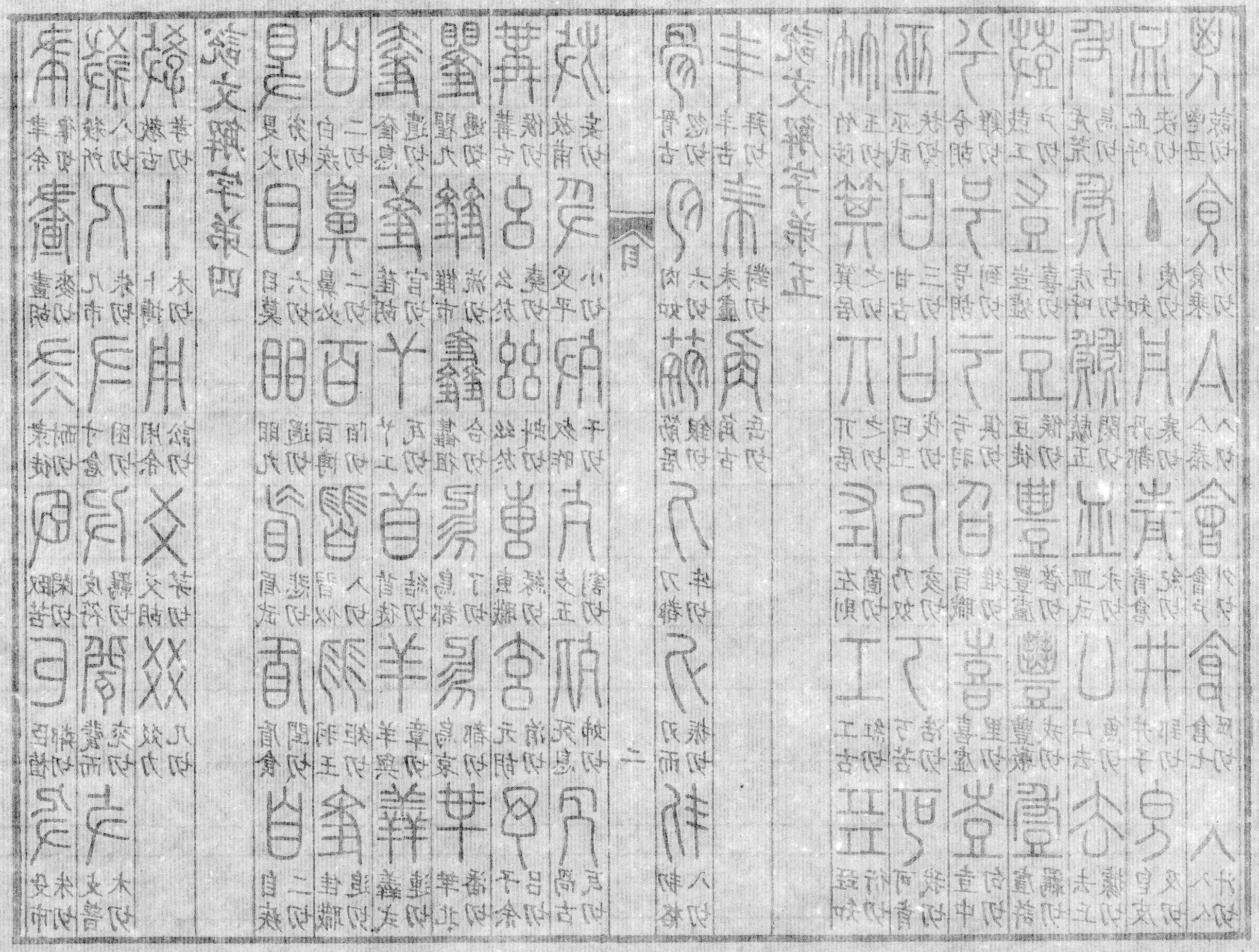

缶 方九切　矢 式視切　高 古牢切　冂 古熒切　𩫏 古博切　京 舉卿切
亯 許兩切　㫗 胡口切　畗 芳逼切　㐭 力甚切　嗇 所力切　來 洛哀切
麥 莫獲切　夊 楚危切　舛 昌兖切　舜 舒閏切　韋 宇非切　弟 特計切
夂 陟侈切　久 舉友切　桀 渠列切

說文解字第六

木 莫卜切　東 得紅切　林 力尋切　才 昨哉切　叒 而灼切　之 止而切
帀 周荅切　出 尺律切　𣎵 普活切　生 所庚切　乇 陟格切　𠂹 是為切
𠌶 況于切　華 戶瓜切　禾 古兮切　稽 古兮切　巢 鉏交切　桼 親吉切
束 書玉切　㯻 胡本切　囗 羽非切　員 王權切　貝 博蓋切　邑 於汲切
𨛜 胡絳切

說文解字第七

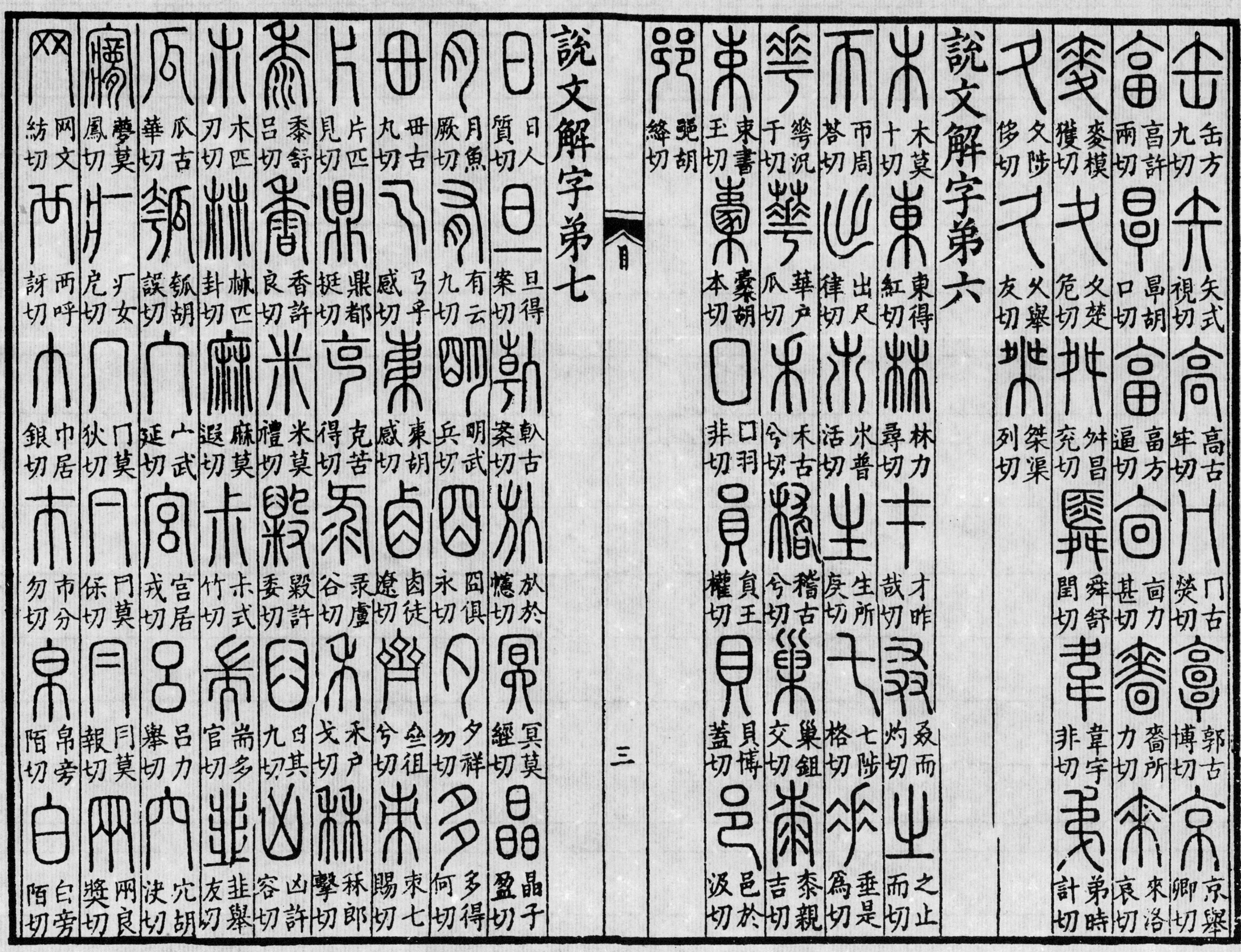

日 人質切　旦 得案切　倝 古案切　㫃 於幰切　冥 莫經切　晶 子盈切
月 魚厥切　有 云九切　朙 武兵切　囧 俱永切　夕 祥易切　多 得何切
毌 古丸切　𢎘 乎感切　𣐺 胡感切　㔾 徒遼切　齊 徂兮切　朿 七賜切
片 匹見切　鼎 都挺切　克 苦得切　彔 盧谷切　禾 戶戈切　秝 郎擊切
黍 舒呂切　香 許良切　米 莫禮切　毇 許委切　臼 其九切　凶 許容切
朩 匹刃切　𣏟 匹卦切　麻 莫遐切　尗 式竹切　耑 多官切　韭 舉友切
瓜 古華切　瓠 胡誤切　宀 武延切　宮 居戎切　呂 力舉切　穴 胡決切
㝱 莫鳳切　疒 女戹切　冖 莫狄切　𠕁 莫保切　冃 莫報切　㒳 良奬切
网 文紡切　襾 呼訝切　巾 居銀切　市 分勿切　帛 旁陌切　白 旁陌切

缶 方九切　矢 式視切　高 古牢切　冂 古熒切　𩫏 古博切　京 舉卿切
亯 許兩切　㫗 胡口切　畗 芳逼切　㐭 力甚切　嗇 所力切　來 洛哀切
麥 莫獲切　夊 楚危切　舛 昌兖切　舜 舒閏切　韋 宇非切　弟 特計切
夂 陟侈切　久 舉友切　桀 渠列切

說文解字第六

木 莫卜切　東 得紅切　林 力尋切　才 昨哉切　叒 而灼切　之 止而切
帀 子荅切　出 尺律切　米 普活切　生 所庚切　乇 陟格切　𠂹 是為切
𠌶 况于切　華 戶瓜切　禾 古兮切　稽 古兮切　巢 鉏交切　桼 親吉切
束 書玉切　㯻 胡本切　囗 羽非切　員 王權切　貝 博蓋切　邑 於汲切
䢼 胡絳切

說文解字第七

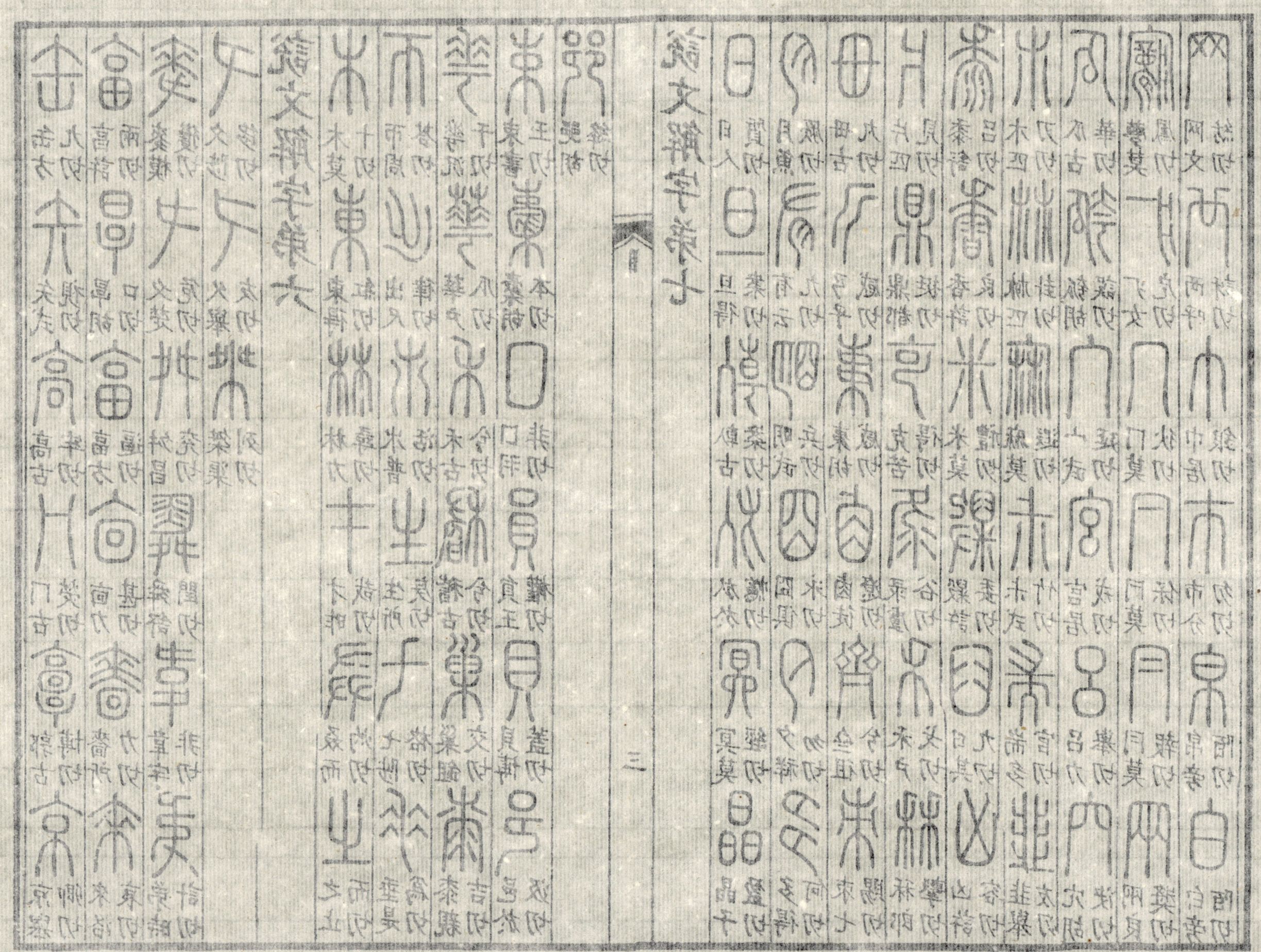

日 人質切　旦 得案切　倝 古案切　㫃 於幰切　冥 莫經切　晶 子盈切
月 魚厥切　有 云久切　朙 武兵切　囧 俱永切　夕 祥易切　多 得何切
毌 古丸切　𢎘 乎感切　𣐺 胡感切　卤 徒遼切　齊 徂兮切　朿 七賜切
片 匹見切　鼎 都挺切　克 苦得切　彔 盧谷切　禾 戶戈切　秝 郎擊切
黍 舒呂切　香 許良切　米 莫禮切　毇 許委切　臼 其九切　凶 許容切
朩 匹刃切　林 匹卦切　麻 莫遐切　尗 式竹切　耑 多官切　韭 舉友切
瓜 古華切　瓠 胡誤切　宀 武延切　宮 居戎切　呂 力舉切　穴 胡決切
㝱 莫鳳切　疒 女戹切　冖 莫狄切　𠔼 莫保切　冃 莫報切　㒳 良獎切
网 文紡切　襾 呼訝切　巾 居銀切　巿 分勿切　帛 旁陌切　白 旁陌切

㡀 毗祭切　黹 陟几切

說文解字弟八

人 如鄰切　匕 呼跨切　匕 卑履切　从 疾容切　比 毗至切　北 博墨切

丘 去鳩切　㐺 魚音切　𡈼 他鼎切　重 柱用切　卧 吾貨切　身 失人切

㐆 於機切　衣 於稀切　裘 巨鳩切　老 盧皓切　毛 莫袍切　毳 充芮切

尸 式脂切　尺 昌石切　尾 無斐切　履 良止切　舟 職流切　方 府良切

儿 如鄰切　兄 許榮切　兂 側岑切　皃 莫教切　𠑹 公户切　先 穌前切

禿 他谷切　見 古甸切　覞 弋笑切　欠 去劒切　㱃 於錦切　次 叙連切

旡 居未切

說文解字弟九

頁 胡結切　百 書九切　面 弥箭切　丏 弥兖切　首 書九切　𥄉 古堯切

須 相俞切　彡 所銜切　彣 無分切　文 無分切　髟 必凋切　后 胡口切

司 息兹切　卮 章移切　卪 子結切　印 於刃切　色 所力切　卯 去京切

辟 必益切　勹 布交切　包 布交切　茍 己力切　鬼 居偉切　甶 敷勿切

厶 息夷切　嵬 五灰切　山 所閒切　屾 所臻切　屵 五葛切　广 魚儉切

厂 呼旱切　丸 胡官切　危 魚爲切　石 常隻切　長 直良切　勿 文弗切

冄 而玊切　而 如之切　豕 式視切　㣇 羊至切　彑 居例切　豚 徒魂切

豸 池尔切　𤉡 徐姊切　易 羊益切　象 徐兩切

說文解字弟十

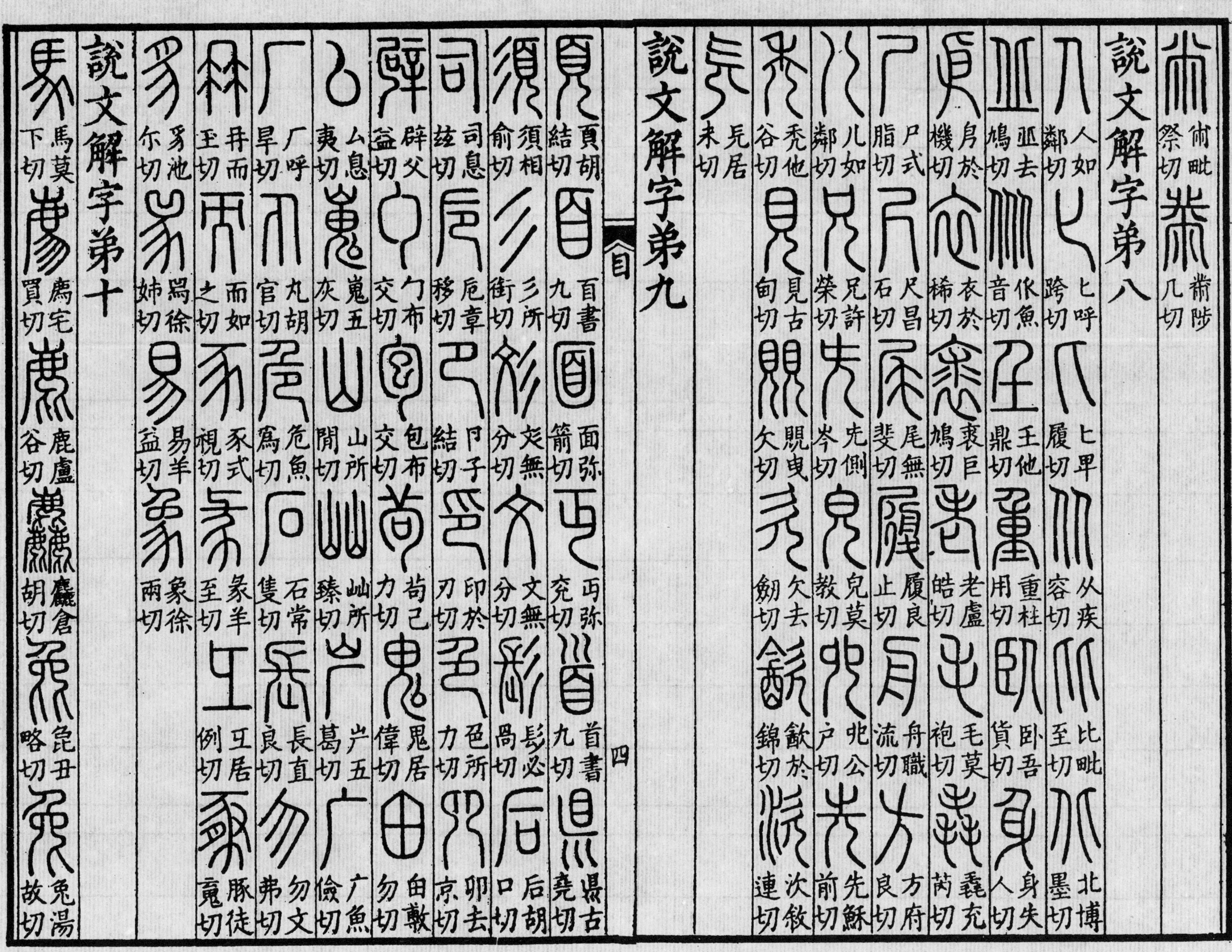

馬 莫下切　廌 宅買切　鹿 盧谷切　麤 倉胡切　㲋 丑略切　兔 湯故切

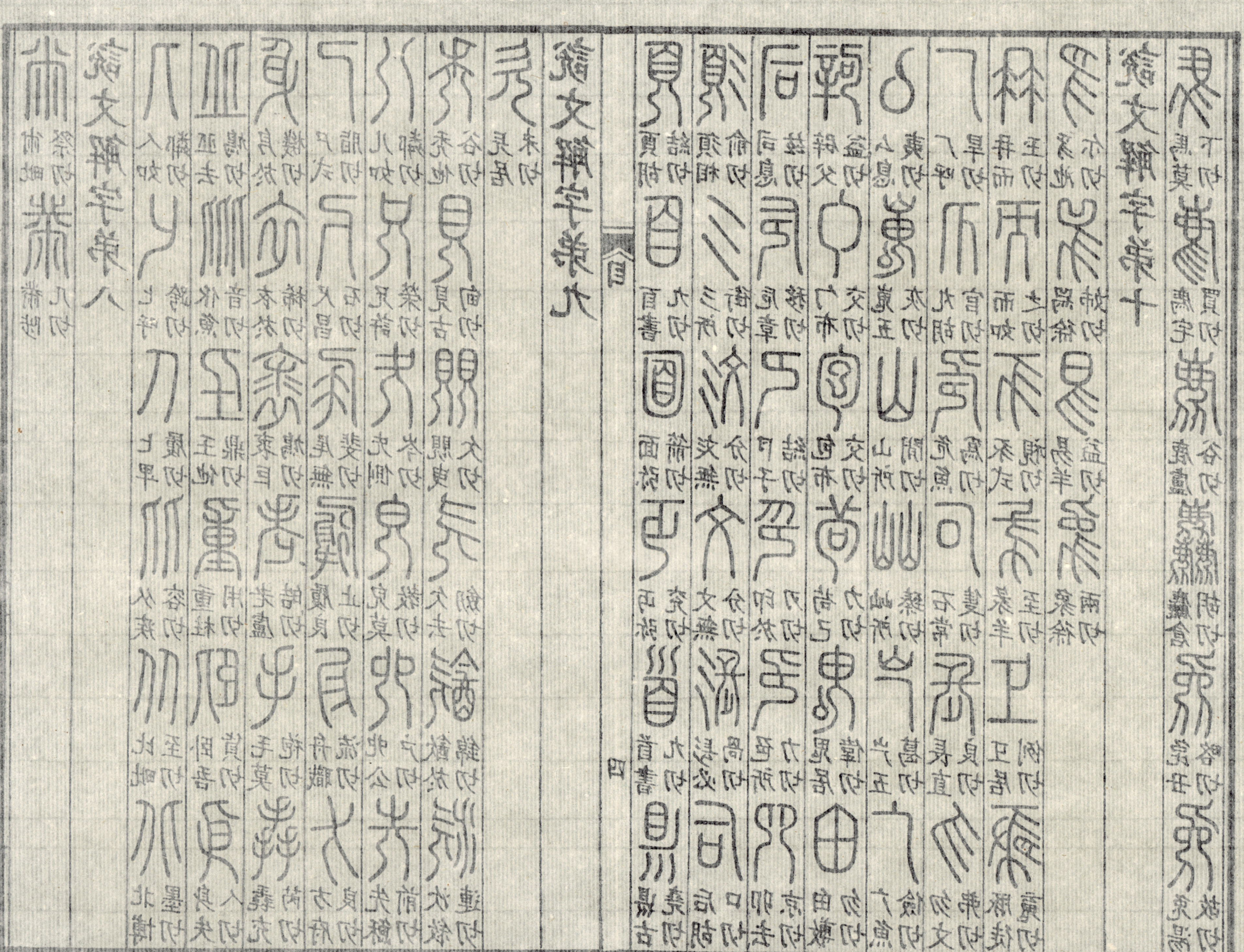

萈胡官切 犬苦泫切 㹜語斤切 鼠書呂切 能奴登切 熊羽宮切

火呼古切 炎于廉切 黑呼北切 囪楚江切 焱以冉切 炙之石切

赤昌石切 大徒蓋切 亦羊益切 夨阻力切 夭於兆切 交古爻切

尣烏光切 壺戶吳切 壹於悉切 㚔尼輒切 奢式車切 亢古郎切

夲土刀切 夰古老切 亣他達切 夫甫無切 立力入切 竝蒲迥切

囟息進切 思息茲切 心息林切 惢累二切

說文解字第十一

水式軌切 沝之壘切 瀕符真切 𡿨姑泫切 巜古外切 川昌緣切

泉疾緣切 灥詳遵切 永于憬切 𠂢匹卦切 谷古祿切 仌筆陵切

雨王矩切 雲王分切 魚語居切 𩺰語居切 燕於甸切 龍力鍾切

飛甫微切 非甫微切 卂息晉切

說文解字第十二

乚烏轄切 不方久切 至脂利切 西先稽切 鹵郎古切 鹽余廉切

戶侯古切 門莫奔切 耳而止切 𦣝與之切 手書九切 𠦬古懷切

女尼呂切 毋武扶切 民弥鄰切 丿房密切 𠂆余制切 乀弋支切

氏承旨切 氐丁禮切 戈古禾切 戉王伐切 我五可切 亅衢月切

琴巨今切 𠃊於謹切 亡武方切 匸胡礼切 匚府良切 曲丘玉切

甾側詞切 瓦五寡切 弓居戎切 弜其兩切 弦胡田切 系胡計切

說文解字第十三

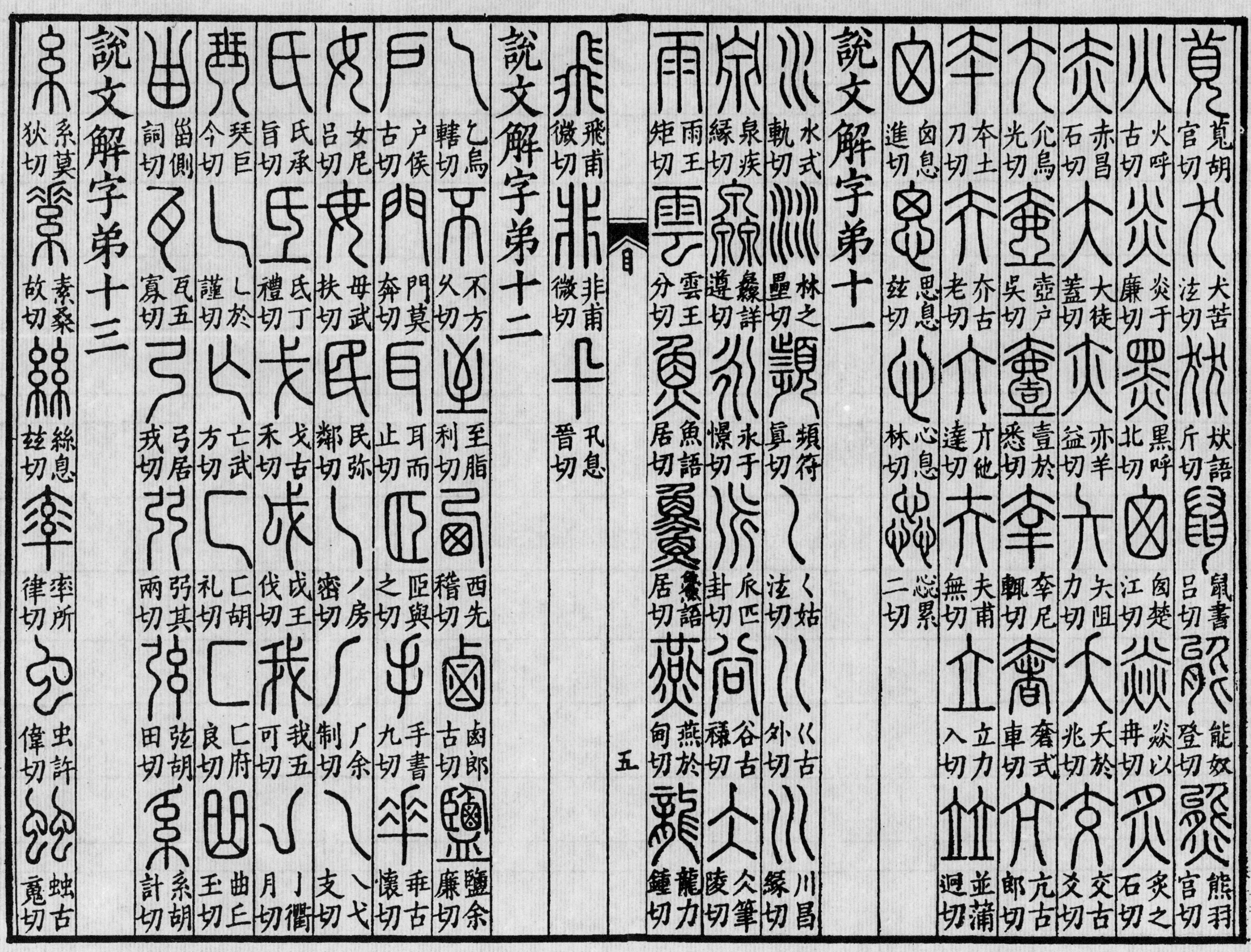

糸莫狄切 素桑故切 絲息茲切 率所律切 虫許偉切 䖵古䰟切

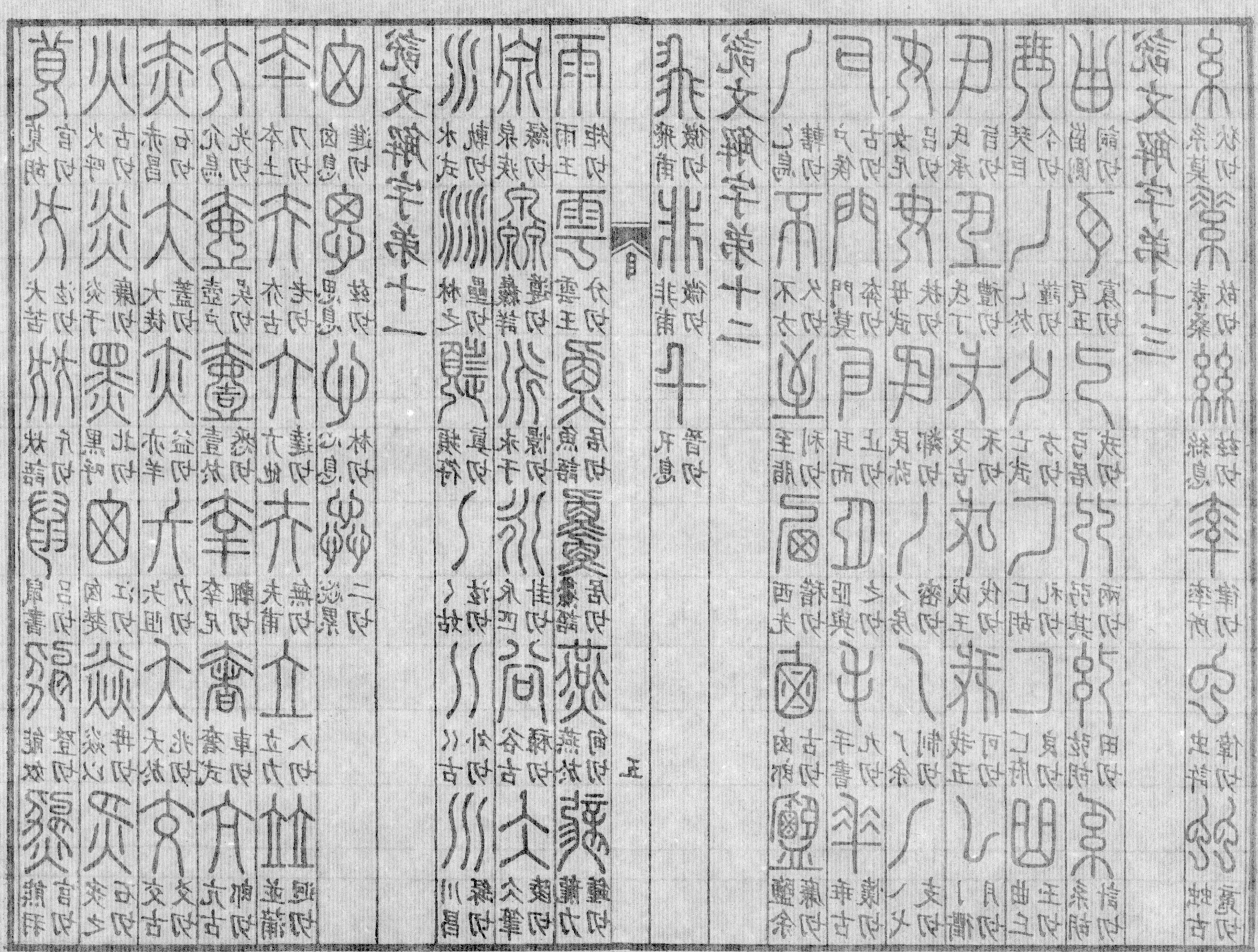

蟲直弓切 風方戎切 它託何切 龜居追切 黽莫杏切 卵盧管切

二而至切 土它魯切 垚吾聊切 堇巨斤切 里良止切 田待季切

畕居良切 黃乎光切 男那含切 力林直切 劦胡頰切

說文解字弟十四

金居音切 幵古賢切 勺之若切 几居履切 且千也切 斤舉欣切

斗當口切 矛莫浮切 車尺遮切 𠂤都回切 𨸏房九切 𨺅房九切

厽力軌切 四息利切 宁直呂切 叕陟劣切 亞衣駕切 五疑古切

六力竹切 七親吉切 九舉有切 禸人九切 嘼許救切 甲古狎切

乙於筆切 丙兵永切 丁當經切 戊莫候切 己居擬切 巴伯加切

庚古行切 辛息鮮切 辡方免切 壬如林切 癸居誄切 子即里切

了盧鳥切 孨旨兖切 𠫓他骨切 丑敕九切 寅弋真切 卯莫飽切

辰植鄰切 巳詳里切 午疑古切 未無沸切 申失人切 酉與九切

酋字秋切 戌辛聿切 亥胡改切

說文解字標目

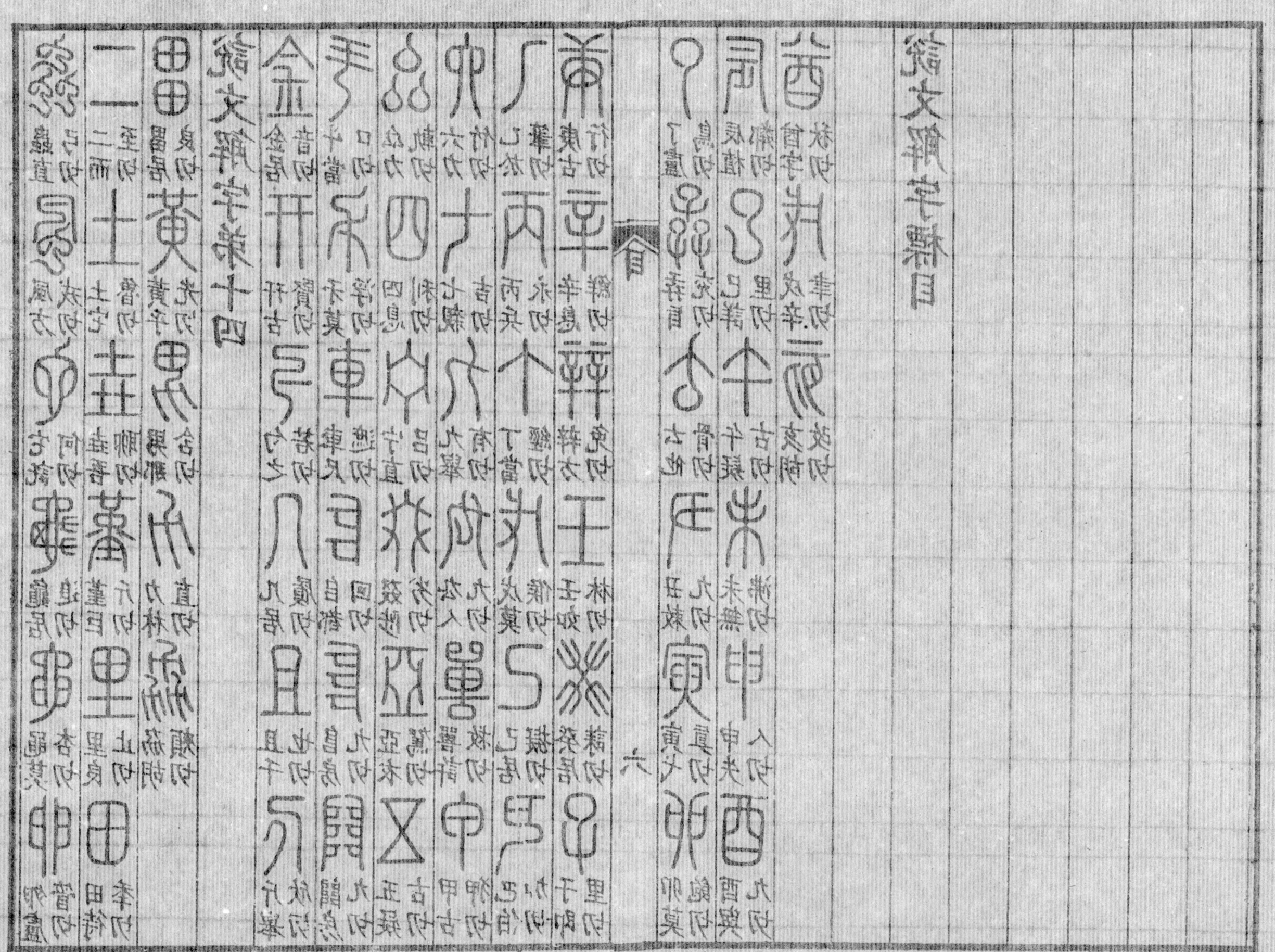

說文解字第一上

漢太尉祭酒許慎記

銀青光祿大夫守右散騎常侍上柱國東海縣開國子食邑五百戶臣徐鉉等奉

勅校定

十四部　六百七十二文　重八十一

凡萬六百三十九字

文三十一　新附

一　惟初太始道立於一造分天地化成萬物凡一之屬皆从一　於悉切

弌　古文一

元　始也从一从兀徐鍇曰元者善之長也故从一　愚袁切

天　顚也至高無上从一大　他前切

丕　大也从一不聲　敷悲切

吏　治人者也从一从史史亦聲徐鍇曰吏之治人心主於一故从一　力置切

文五　重一

上　高也此古文上指事也凡上之屬皆从上　時掌切

丄　篆文上

帝　諦也王天下之號也从上朿聲　都計切

帝　古文帝古文諸上字皆从一篆文皆从二二古文上字辛示辰龍童音章皆从古文上

旁　溥也从二闕方聲　步光切

旁　古文旁

旁　亦古文旁

旁　籀文

丅　底也指事　胡雅切

下　篆文下

文四　重七

示　天垂象見吉凶所以示人也从二（二古文上字）三垂日月星也觀乎天文以察時變示神事也凡示之屬皆从示

𥘅　古文示

祜　上諱　臣鉉等曰此漢安帝名也福也當从示古聲候古切

禮　履也所以事神致福也从示从豊豊亦聲　靈啓切

礼　古文禮

禧　禮吉也从示喜聲　許其切

禛　以眞受福也从示眞聲　側鄰切

祿　福也从示彔聲　盧谷切

褫　福也从示虒聲　息移切

禎　祥也从示貞聲　陟盈切

祥　福也从示羊聲一云善　似羊切

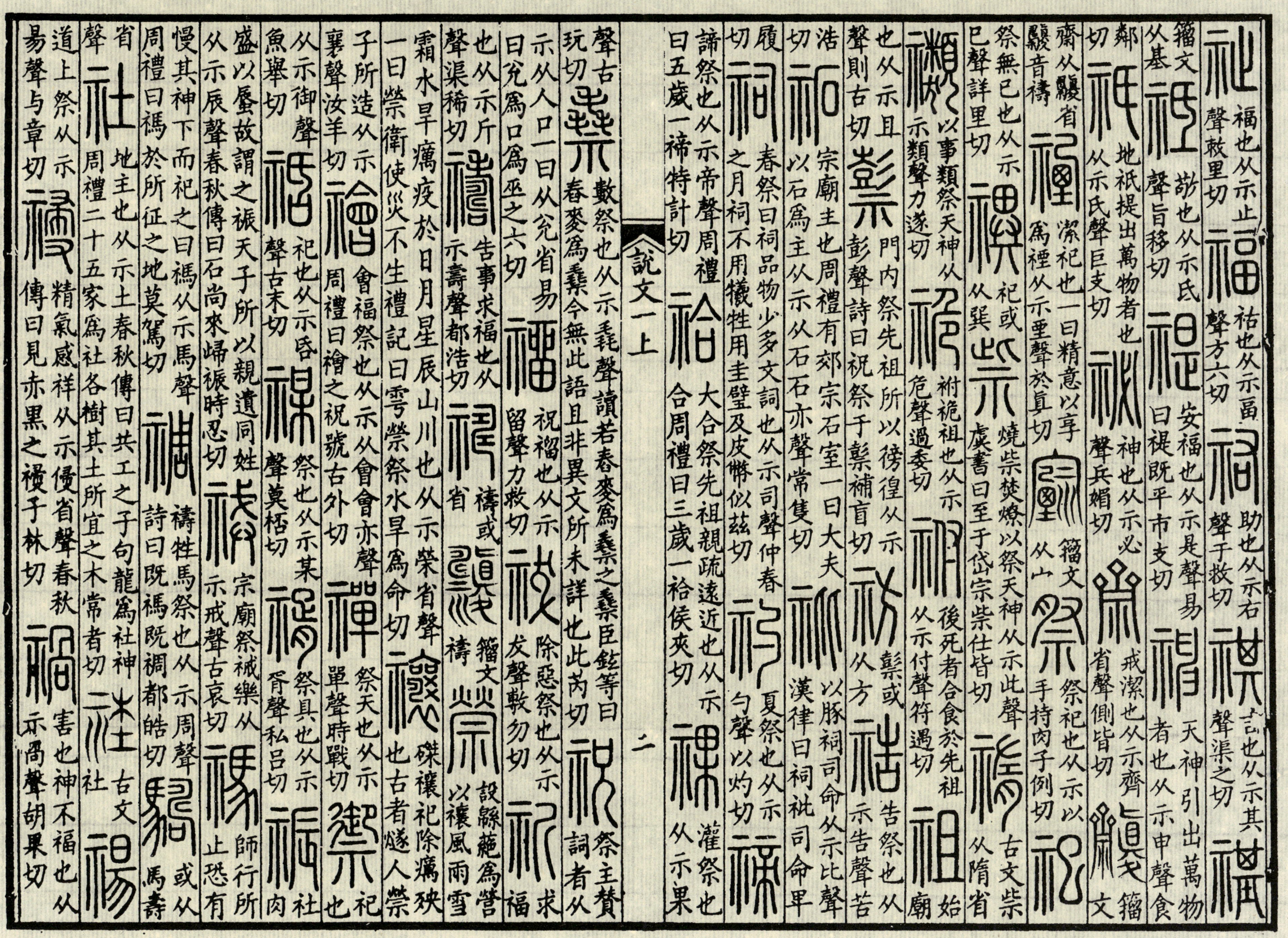

祉 福也从示止聲敕里切 福 祐也从示畐聲方六切 祐 助也从示右聲于救切 祺 吉也从示其聲渠之切 禥 籀文从基 祗 敬也从示氏聲旨移切 禔 安福也从示是聲易曰禔既平市支切 神 天神引出萬物者也从示申聲食鄰切 祇 地祇提出萬物者也从示氏聲巨支切 祕 神也从示必聲兵媚切 齋 戒潔也从示齊省聲側皆切 𩆜 籀文齋从𩏂省𩏂音禱 禋 潔祀也一曰精意以享爲禋从示垔聲於真切 𥛶 籀文从宀 祭 祭祀也从示以手持肉子例切 祀 祭無已也从示巳聲詳里切 禩 祀或从異 祡 燒柴焚燎以祭天神从示此聲虞書曰至于岱宗祡仕皆切 ⿰示隋省 古文祡从隋省 禷 以事類祭天神从示類聲力遂切 祪 祔祪祖也从示危聲過委切 祔 後死者合食於先祖从示付聲符遇切 祖 始廟也从示且聲則古切 祊 門內祭先祖所以徬徨从示彭聲詩曰祝祭于祊補盲切 祊 祊或从方 祰 告祭也从示告聲苦浩切 祏 宗廟主也周禮有郊宗石室一曰大夫以石爲主从示从石石亦聲常隻切 ⿰示比 以豚祠司命从示比聲漢律曰祠⿰示比司命卑履切 祠 春祭曰祠品物少多文詞也从示司聲似茲切 礿 夏祭也从示勺聲以灼切 禘 諦祭也从示帝聲周禮曰五歲一禘特計切 祫 大合祭先祖親疏遠近也从示合周禮曰三歲一祫侯夾切 祼 灌祭也从示果聲古玩切 ⿰示毳 數祭也从示毳聲讀若春麥爲毳之毳臣鉉等曰春麥爲毳今無此語且非異文所未詳也此芮切 祝 祭主贊詞者从示从人口一曰从兌省易曰兌爲口爲巫之六切 ⿰示留 祝⿰示留也从示留聲力救切 祓 除惡祭也从示犮聲敷勿切 祈 求福也从示斤聲渠稀切 禱 告事求福也从示壽聲都浩切 ⿰示𠷎 禱或省 ⿰示𠭥 籀文禱 禜 設綿蕝爲營以禳風雨雪霜水旱癘疫於日月星辰山川也从示榮省聲一曰禜衛使災不生禮記曰雩禜祭水旱爲命切 禳 磔禳祀除癘殃也古者燧人禜子所造从示襄聲汝羊切 禬 會福祭也从示从會會亦聲周禮曰禬之祝號古外切 禪 祭天也从示單聲時戰切 禦 祀也从示御聲魚舉切 䄆 祀也从示昏聲古末切 禖 祭也从示某聲莫桮切 ⿰示胥 祭具也从示胥聲私呂切 祳 社肉盛以蜃故謂之祳天子所以親遺同姓从示辰聲春秋傳曰石尚來歸祳時忍切 祴 宗廟祭祴樂从示戒聲古哀切 禡 師行所止恐有慢其神下而祀之曰禡从示馬聲周禮曰禡於所征之地莫駕切 禂 禱牲馬祭也从示周聲詩曰既禡既禂都皓切 ⿰馬壽 或从馬壽省聲 社 地主也从示土春秋傳曰共工之子句龍爲社神周禮二十五家爲社各樹其土所宜之木常者切 𡉚 古文社 禓 道上祭从示昜聲与章切 祲 精氣感祥从示侵省聲春秋傳曰見赤黑之祲子林切 禍 害也神不福也从示咼聲胡果切

祟 神禍也从示从出 雖遂切 𥜏 籀文祟从𩡧省 祅 地反物爲祅也从示芺聲 於喬切 祘 明視以筭之从二示逸周書曰士分民之祘均分以祘之也讀若筭 蘇貫切 禁 吉凶之忌也从示林聲 居蔭切 禫 除服祭也从示覃聲 徒感切

文六十　重十三

禰 親廟也从示爾聲一本云古文𥛱也 泥米切 祧 遷廟也从示兆聲 他彫切 祆 胡神也从示天聲 火千切

祚 福也从示乍聲臣鉉等曰凡祭必受胙胙即福也此字後人所加 徂故切

文四 新附

三 天地人之道也从三數凡三之屬皆从三 穌甘切

弎 古文三从弋

文一　重一

王 天下所歸往也董仲舒曰古之造文者三畫而連其中謂之王三者天地人也而參通之者王也孔子曰一貫三爲王凡王之屬皆从王

王 李陽冰曰中畫近上王者則天之義 雨方切

𤣩 古文王

閏 餘分之月五歲再閏告朔之禮天子居宗廟閏月居門中从王在門中周禮曰閏月王居門中終月也 如順切

皇 大也从自自始也始皇者三皇大君也自讀若鼻今俗以始生子爲鼻子 胡光切

文三　重一

玉 石之美有五德潤澤以温仁之方也䚡理自外可以知中義之方也其聲舒揚尃以遠聞智之方也不橈而折勇之方也銳廉而不技絜之方也象三玉之連丨其貫也凡玉之屬皆从玉 陽冰曰三畫正均如貫玉也 魚欲切

𠙶 古文玉 璙 玉也从玉尞聲 洛簫切 瓘 玉也从玉雚聲春秋傳曰瓘斝 工玩切 璥 玉也从玉敬聲 居領切

琠 玉也从玉典聲 多殄切 瓇 玉也从玉夒聲讀若柔 耳由切 ⿰王毄 玉也从玉毄聲讀若鬲 郎擊切 璠 璵璠魯之寶玉从玉番聲孔子曰美哉璵璠遠而望之奐若也近而視之瑟若也一則理勝二則孚勝 附袁切 璵 璵璠也从玉與聲 以諸切

瑾 瑾瑜美玉也从玉堇聲居隱切
瑜 瑾瑜美玉也从玉俞聲羊朱切
玒 玉也从玉工聲戶工切
𤥎 𤥎瓄 玉也从玉來聲落哀切
瓊 赤玉也从玉敻聲渠營切
璚 瓊或从矞
瓗 瓊或从巂
琁 瓊或从旋省臣鉉等曰今與璿同
珦 玉也从玉向聲許亮切
𤨲 玉也从玉剌聲盧達切
珣 醫無閭珣玗璂周書所謂夷玉也从玉旬聲一曰器讀若宣相倫切
璐 玉也从玉路聲洛故切
瓚 三玉二石也从玉贊聲禮天子用全純玉也上公用駹四玉一石侯用瓚伯用埒玉石半相埒也徂贊切
瑛 玉光也从玉英聲於京切
璑 三采玉也从玉無聲武扶切
珛 朽玉也从玉有聲讀若畜牧之畜許救切
璿 美玉也从玉睿聲春秋傳曰璿弁玉纓似沿切
璿 古文
璿 籀文
球 玉磬也从玉求聲巨鳩切
璆 球或从翏
琳 美玉也从玉林聲力尋切
璧 瑞玉圜也从玉辟聲比激切
瑗 大孔璧人君上除陛以相引从玉爰聲爾雅曰好倍肉謂之瑗肉倍好謂之璧王眷切
環 璧也肉好若一謂之環从玉睘聲戶關切
璜 半璧也从玉黃聲戶光切
琮 瑞玉大八寸似車釭从玉宗聲藏宗切
琥 發兵瑞玉為虎文从玉从虎虎亦聲春秋傳曰賜子家雙琥呼古切
瓏 禱旱玉龍文从玉从龍龍亦聲力鍾切
琬 圭有琬者从玉宛聲於阮切
璋 剡上為圭半圭為璋从玉章聲禮六幣圭以馬璋以皮璧以帛琮以錦琥以繡璜以黼諸良切
琰 璧上起美色也从玉炎聲以冉切
玠 大圭也从玉介聲周書曰稱奉介圭古拜切
瑒 圭尺二寸有瓚以祠宗廟者也从玉昜聲丑亮切
瓛 桓圭公所執从玉獻聲胡官切
珽 大圭長三尺抒上終葵首从玉廷聲他鼎切
瑁 諸侯執圭朝天子天子執玉以冒之似犂冠周禮曰天子執瑁四寸从玉冒冒亦聲莫報切
珇 古文省
璬 玉佩从玉敫聲古了切
珩 佩上玉也所以節行止也从玉行聲戶庚切
玦 玉佩也从玉夬聲古穴切
瑞 以玉為信也从玉耑徐鍇曰耑諦也會意是僞切
珥 瑱也从玉耳耳亦聲仍吏切
瑱 以玉充耳也从玉真聲詩曰玉之瑱兮臣鉉等曰今充耳字更从玉旁充非是他甸切
䪼 瑱或从耳
琫 佩刀下飾天子以玉諸侯以金从玉奉聲邊孔切
珌 佩刀下飾天子以玉从玉必聲卑吉切
璏 劍鼻玉也从玉彘聲直例切
瑵 車蓋玉瑵从玉蚤聲側絞切
瑑 圭璧上起兆瑑也从玉篆省聲周禮曰瑑圭璧直戀切
珇 琮玉之瑑从玉且聲則古切
璂 弁飾往往冒玉也从玉綦聲渠之切
瑧 璂或从基
璪 玉飾如水藻之文从玉喿聲虞書曰璪火黺米子皓切
瑬 垂玉也冕飾从玉流聲力求切
璹 玉器也从玉𠷎聲讀若淑殊六切
瓃 玉器也从玉畾聲臣鉉等案靁字注象回轉之形畾不成字凡从畾

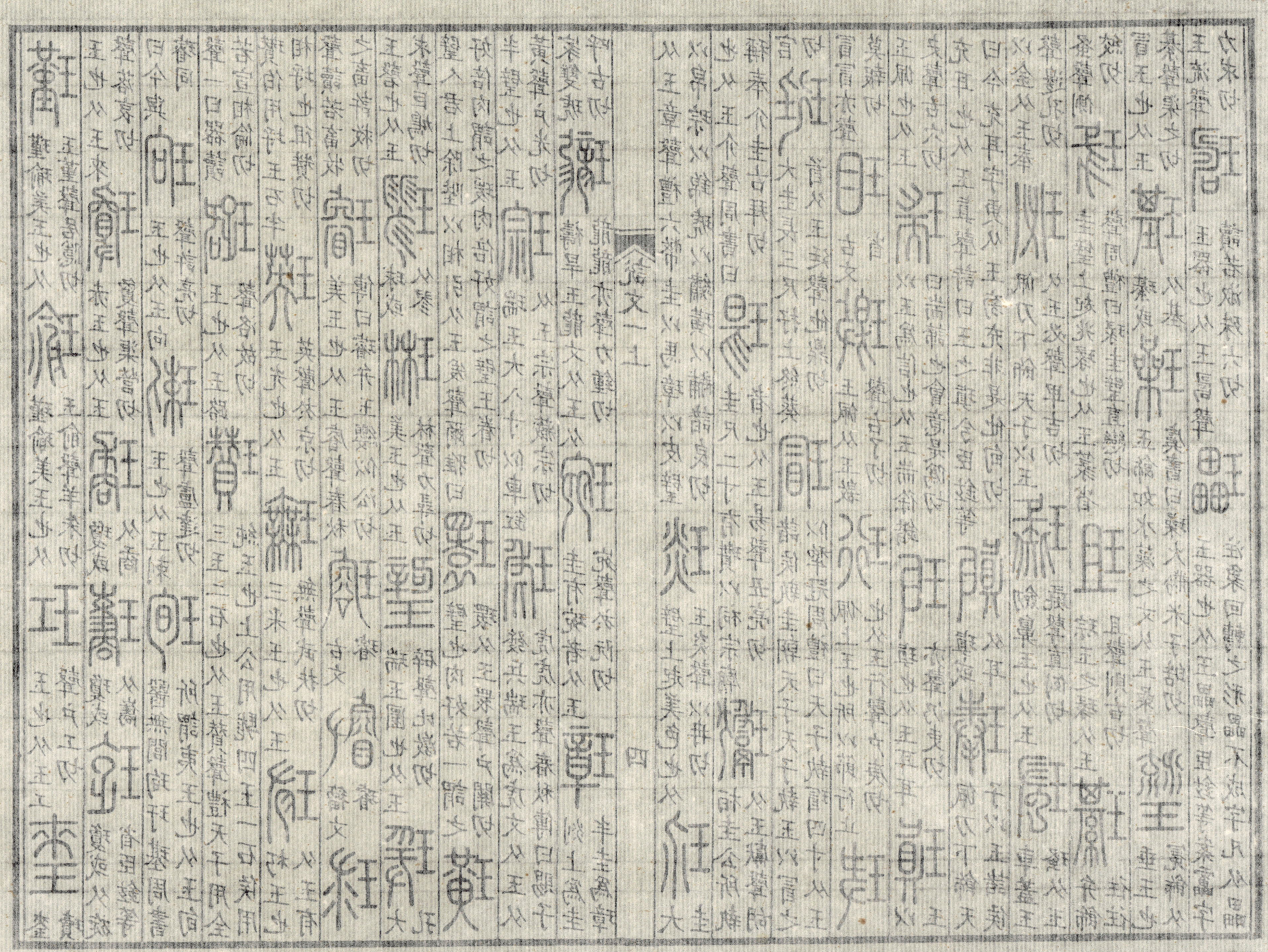

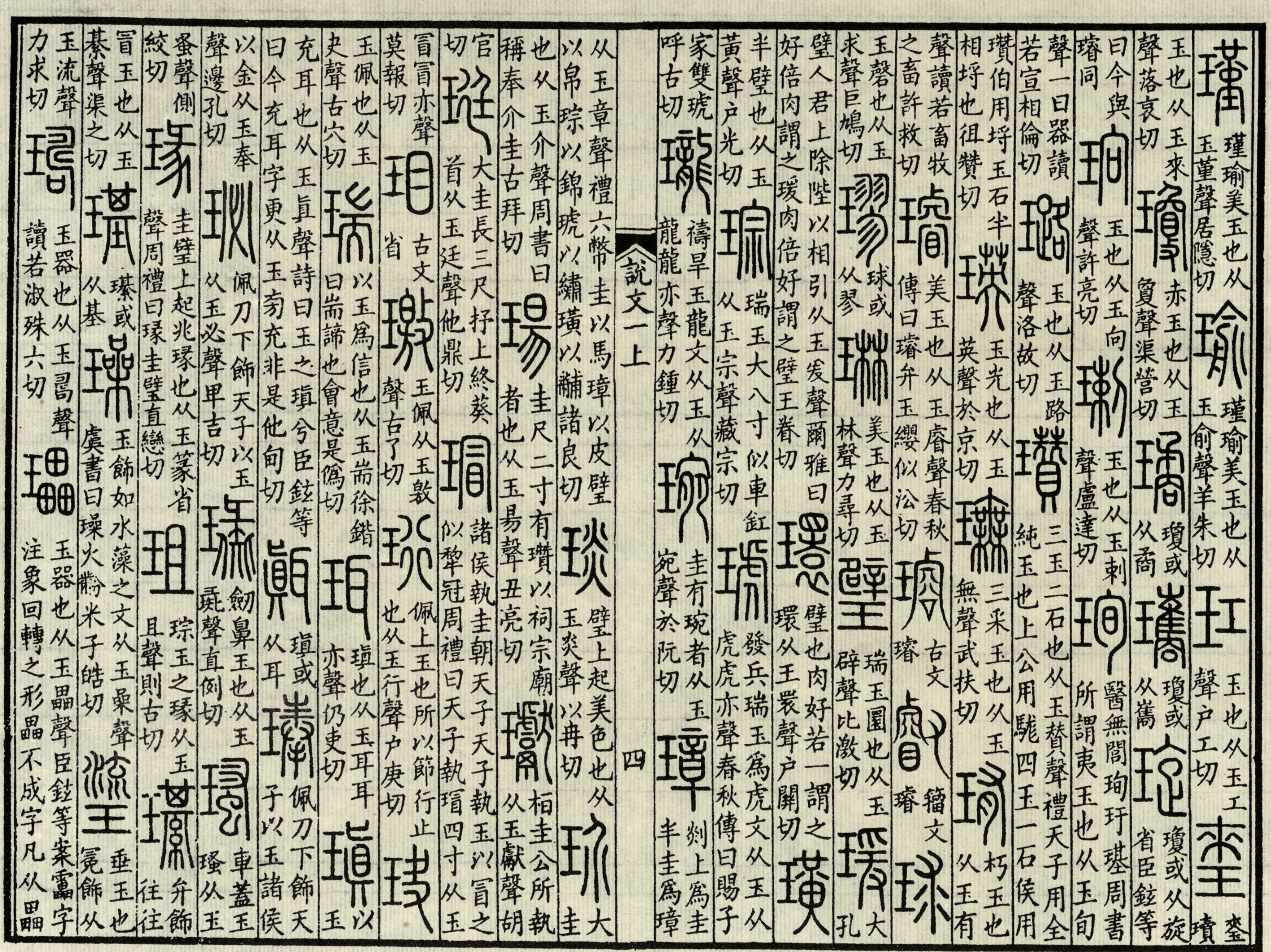

者並當从靁省魯回切

瑳 玉色鮮白从玉差聲七何切

玼 玉色鮮也从玉此聲詩曰新臺有玼千礼切

璱 玉英華相帶如瑟弦从玉瑟聲詩曰瑟彼玉瓚所櫛切

瑮 玉英華羅列秩秩从玉㮚聲逸論語曰玉粲之璱兮其瑮猛也力質切

瑩 玉色从玉熒省聲一曰石之次玉者逸論語曰如玉之瑩烏定切

璊 玉䞓色也从玉㒼聲禾之赤苗謂之虋言璊玉色如之莫奔切

玧 璊或从允

瑕 玉小赤也从玉叚聲乎加切

琢 治玉也从玉豖聲竹角切

琱 治玉也从玉周聲都寮切

理 治玉也从玉里聲良止切

珍 寶也从玉㐱聲陟鄰切

玩 弄也从玉元聲五換切

貦 玩或从貝

玲 玉聲从玉令聲郎丁切

瑲 玉聲也从玉倉聲詩曰鞗革有瑲七羊切

玎 玉聲也从玉丁聲齊太公子伋謚曰玎公當經切

琤 玉聲也从玉爭聲楚耕切

瑣 玉聲也从玉肖聲蘇果切

瑝 玉聲也从玉皇聲乎光切

瑀 石之似玉者从玉禹聲王矩切

玤 石之次玉者以為系璧从玉丰聲讀若詩曰瓜瓞菶菶一曰若盒蚌補蠓切

玪 玪塾石之次玉者从玉今聲古函切

塾 玪塾也从玉勒聲盧則切

琚 瓊琚从玉居聲詩曰報之以瓊琚九魚切

璓 石之次玉者从玉莠聲詩曰充耳璓瑩息救切

玖 石之次玉黑色者从玉久聲詩曰貽我佩玖讀若芑或曰若人句脊之句舉友切

⿰王𦣞 石之似玉者从玉𦣞聲讀若貽與之切

珢 石之似玉者从玉艮聲語巾切

⿰王曳 石之似玉者从玉曳聲余制切

璅 石之似玉者从玉巢聲子浩切

璡 石之似玉者从玉進聲讀若津將鄰切

⿰王朁 石之似玉者从玉朁聲側岑切

璁 石之似玉者从玉悤聲讀若蔥倉紅切

⿰王號 石之似玉者从玉號聲讀若鎬乎到切

⿰王舝 石之次玉者从玉舝聲讀若曷胡捌切

⿱臤玉 石之似玉者从玉臤聲烏貫切

⿰王燮 石之次玉者从玉燮聲穌叶切

玽 石之似玉者从玉句聲讀若苟古厚切

琂 石之似玉者从玉言聲語軒切

璶 石之似玉者从玉盡聲徐刃切

琟 石之似玉者从玉佳聲讀若維以追切

瑦 石之似玉者从玉烏聲安古切

瑂 石之似玉者从玉眉聲讀若眉武悲切

璒 石之似玉者从玉登聲都騰切

⿰王厶 石之似玉者从玉厶聲讀與私同息夷切

玗 石之似玉者从玉于聲羽俱切

⿰王𠬝 玉屬从玉𠬝聲讀若沒莫悖切

瑎 黑石似玉者从玉皆聲讀若諧戶皆切

碧 石之青美者从玉石白聲兵尺切

琨 石之美者从玉昆聲虞書曰楊州貢瑤琨古渾切

瑻 琨或从貫

珉 石之美者从玉民聲武巾切

瑤 玉之美者从玉䍃聲詩曰報之以瓊瑤余招切

珠 蚌之陰精从玉朱聲春秋國語曰珠以禦火災是也章俱切

玓 玓瓅明珠色从玉勺聲都歷切

瓅 玓瓅从玉樂聲郎擊切

玭 珠也从玉比聲宋宏云淮水中出玭珠玭珠之有聲步因切

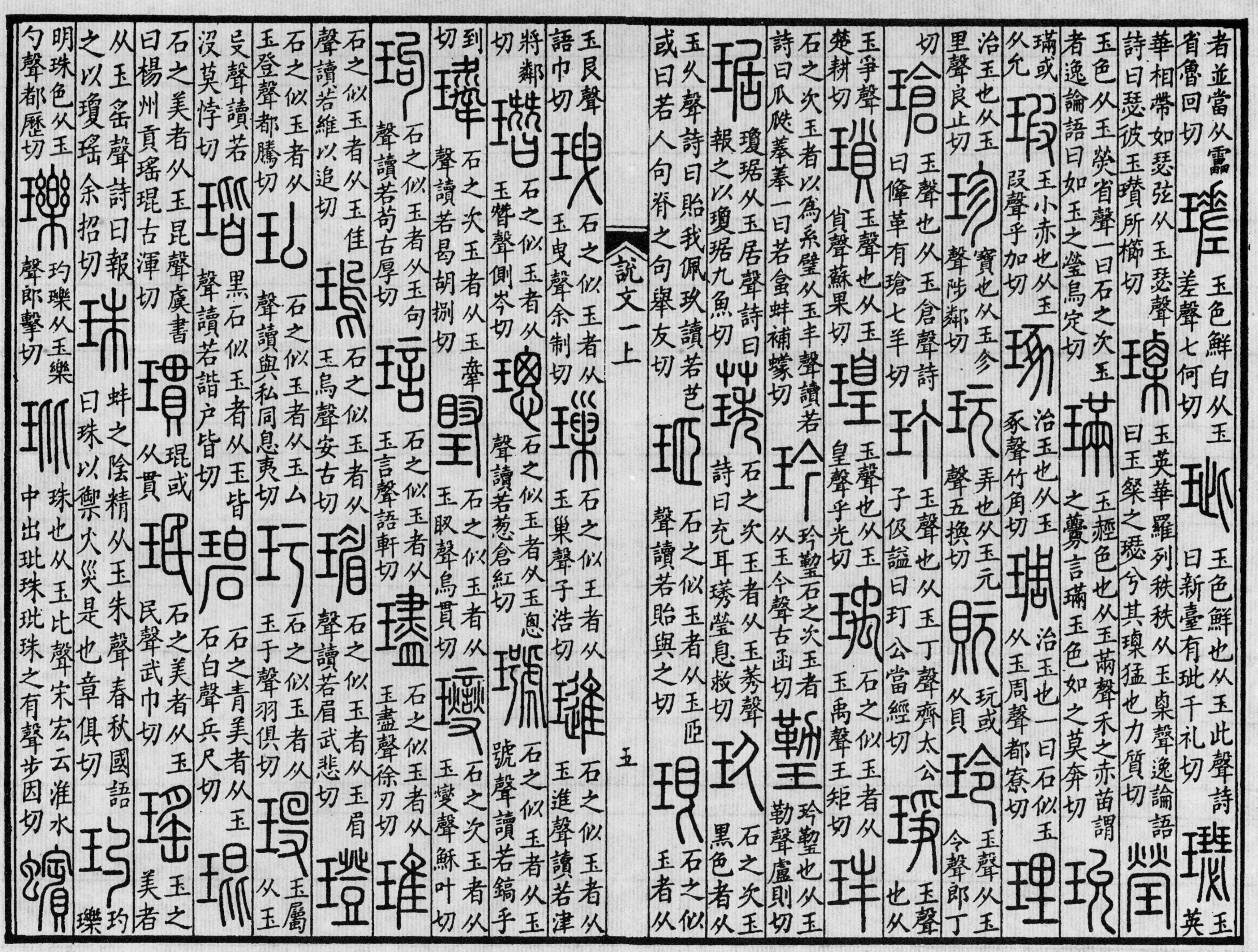

蠙

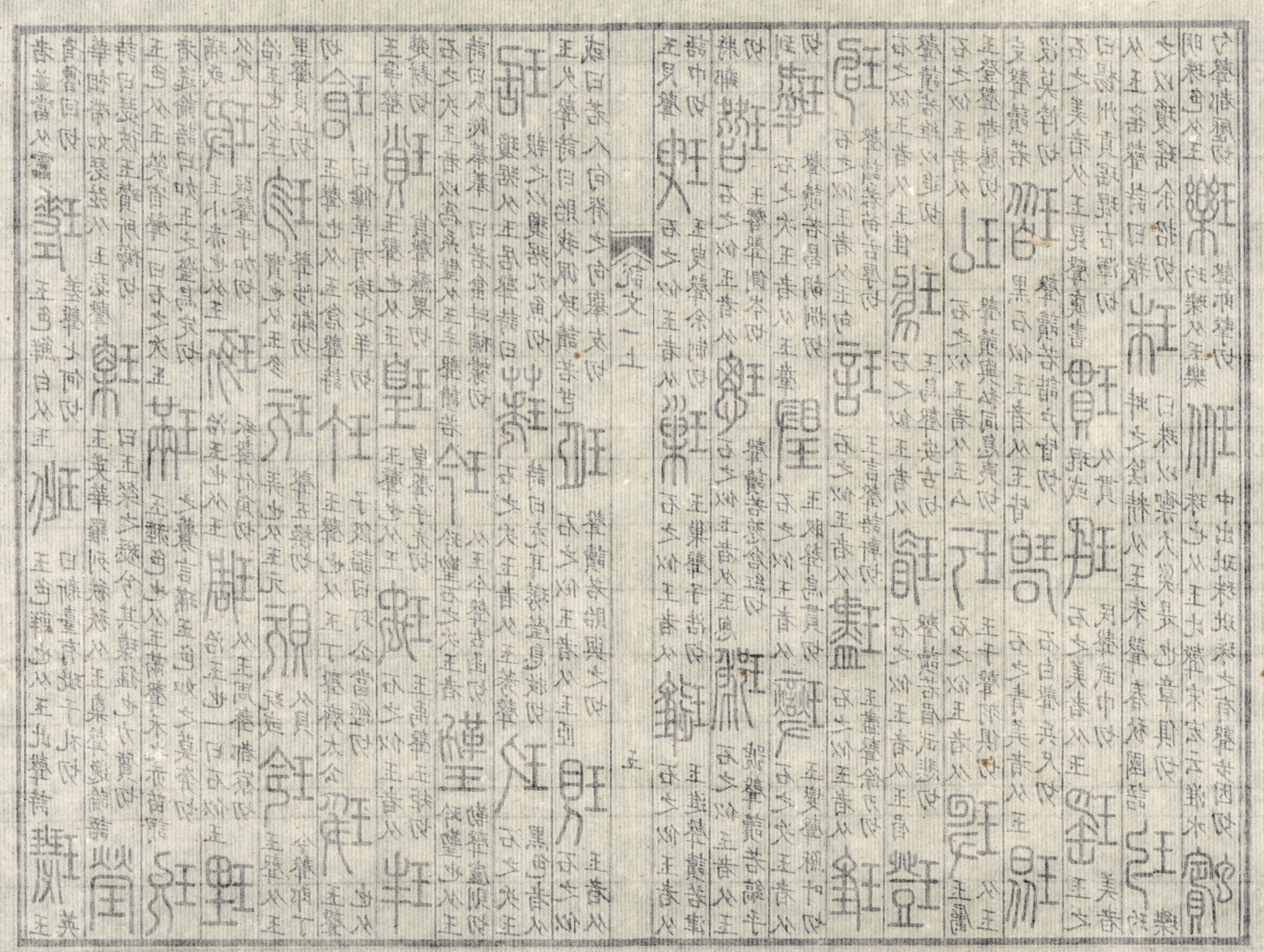

夏書玭从虫賓

珕　蜃屬从玉劦聲禮佩刀士珕琫而珧珌臣鉉等曰劦亦音麗故以爲聲郎計切

珧　蜃甲也所以飾物也从玉兆聲禮云佩刀天子玉琫而珧珌余昭切

玟　火齊玟瑰也一曰石之美者从玉文聲莫桮切

瑰　玟瑰从玉鬼聲一曰圜好公回切

璣　珠不圜也从玉幾聲居衣切

琅　琅玕似珠者从玉良聲魯當切

玕　琅玕也从玉干聲禹貢雝州球琳琅玕古寒切

𤤷　古文玕

珊　珊瑚色赤生於海或生於山从玉刪省聲穌干切

瑚　珊瑚也从玉胡聲户吳切

珋　石之有光璧珋也出西胡中从玉丣聲力求切

琀　送死口中玉也从玉从含含亦聲胡紺切

𤪌　遺玉也从玉歔聲以周切

璗　金之美者與玉同色从玉湯聲禮佩刀諸侯璗琫而璆珌徒朗切

𩆜　靈巫以玉事神从玉霝聲郎丁切

靈　𩆜或从巫

文一百二十六　重十七

珈　婦人首飾从玉加聲詩曰副笄六珈古牙切

璩　環屬从玉豦聲見山海經彊魚切

琖　玉爵也夏曰琖殷曰斝周曰爵从玉戔聲或从皿阻限切

琛　寶也从玉深省聲丑林切

璫　華飾也从玉當聲都郎切

琲　珠五百枚也从玉非聲普乃切

珂　玉也从玉可聲苦何切

玘　玉也从玉已聲去里切

珝　玉也从玉羽聲況主切

璀　璀璨玉光也从玉崔聲七罪切

璨　玉光也从玉粲聲倉案切

琡　玉也从玉叔聲昌六切

瑄　璧六寸也从玉宣聲須緣切

珙　玉也从玉共聲拘竦切

文十四　新附

玨　二玉相合爲一玨凡玨之屬皆从玨古岳切

瑴　玨或从㱿

班　分瑞玉从玨从刀布還切

𨏖　車笭間皮篋古者使奉玉以藏之从車玨讀與服同房六切

文三　重一

气　雲气也象形凡气之屬皆从气去既切

氛　祥气也从气分聲符分切

雰　氛或从雨

文二　重一

士　事也數始於一終於十从一从十孔子曰推十合一爲士凡士之屬皆从士鉏里切

壻　夫也从士胥聲詩曰女也不爽士貳其行士者夫也讀與細同穌計切

婿　壻或从女

壯　大也从士爿聲

側亮切

壿 舞也从士尊聲詩曰壿壿舞我慈損切

文四　重一

丨 上下通也引而上行讀若囟引而下行讀若退凡丨之屬皆从丨古本切

中 和也从口丨上下通陟弓切 古文中 籀文中

𠁩 旌旗杠皃从丨从㫃㫃亦聲丑善切

文三　重二

說文解字第一上

說文解字第一下

漢太尉祭酒許氏記

銀青光祿大夫守右散騎常侍上柱國東海縣開國子食邑五百戶臣徐鉉等奉

敕校定

屮 艸木初生也象丨出形有枝莖也古文或以爲艸字讀若徹凡屮之屬皆从屮尹彤說 臣鉉等曰丨上下通也象艸木萌芽通徹地上也丑列切

屯 難也象艸木之初生屯然而難从屮貫一一地也尾曲易曰屯剛柔始交而難生陟倫切

每 艸盛上出也从屮母聲臣鉉等案左傳原田每每今別作莓非是武罪切

毒 厚也害人之艸往往而生从屮从毒徒沃切

⿰葍刀 古文毒从刀葍

⿱屮分 艸初生其香分布从屮从分分亦聲撫文切

芬 ⿱屮分或从艸

𡴞 菌𡴞地蕈叢生田中从屮六聲力竹切

𡶺 籀文𡴞从三𡴞

熏 火煙上出也从屮从黑屮黑熏象也許云切

文七 重三

艸 百芔也从二屮凡艸之屬皆从艸倉老切

莊 上諱 臣鉉等曰此漢明帝名也从艸从壯未詳側羊切

莊 古文莊

蓏 在木曰果在地曰蓏从艸从㼌郎果切

芝 神艸也从艸从之止而切

萐 萐莆瑞艸也堯時生於庖廚扇暑而涼从艸疌聲士洽切

莆 萐莆也从艸甫聲方矩切

虋 赤苗嘉穀也从艸釁聲莫奔切

荅 小尗也从艸合聲都合切

萁 豆莖也从艸其聲渠之切

藿 尗之少也从艸靃聲虛郭切

莥 鹿藿之實名也从艸狃聲敕久切

蓈 禾粟之采生而不成者謂之蕫蓈从艸郎聲魯當切

稂 蓈或从禾

莠 禾粟下生莠从艸秀聲讀若酉与久切

萉 枲實也从艸肥聲房未切

⿸麻賁 萉或从麻賁

芓 麻母也从艸子聲一曰芓即枲也疾吏切

蘔 芓也从艸異聲羊吏切

蘇 桂荏也从艸穌聲素孤切

荏 桂荏蘇从艸任聲如甚切

芺 菜也从艸矢聲失匕切

⿱艹豈 菜之美者雲夢之⿱艹豈从艸豈聲驅喜切

葵 菜也从艸癸聲彊惟切

薑 禦溼之菜也从艸彊聲居良切

蓼 辛菜薔虞也从艸翏聲盧鳥切

蒩 菜也从艸祖聲則古切

⿱艹豦 菜也似蘇者从艸豦聲彊魚切

薇 菜也似藿从艸微聲無非切

[illegible]

籒文薇省 蓶菜也从艸唯聲以水切 菦菜類蒿从艸近聲周禮有菦菹巨巾切 ⿱艹釀菜也从艸釀聲
女亮切 莧莧菜也从艸見聲侯澗切 芋大葉實根駭人故謂之芋也从艸亏聲徐鍇曰芋猶言吁吁驚辭故曰駭
人王遇切 莒齊謂芋爲莒从艸呂聲居許切 蘧蘧麥也从艸遽聲彊魚切 菊大菊蘧麥从艸匊聲居六切
葷臭菜也从艸軍聲許云切 蘘蘘荷也一名葍蒩从艸襄聲汝羊切 菁韭華也从艸青聲子盈切
蘆蘆菔也一曰薺根从艸盧聲落乎切 菔蘆菔似蕪菁實如小尗者从艸服聲蒲北切 苹蓱也
無根浮水而生者从艸平聲符兵切 茞艸也从艸臣聲稹鄰切 薲大蓱也从艸賓聲符眞切 藍染青艸也
从艸監聲魯甘切 藼令人忘憂艸也从艸憲聲詩曰安得藼艸況袁切 蕿或从煖 萱或从宣
营营藭香艸也从艸宮聲去弓切 芎司馬相如說营或从弓 藭营藭也从艸窮聲渠弓切 蘭
香艸也从艸闌聲落干切 葌艸出吳林山从艸姦聲古顏切 葰薑屬可以香口从艸俊聲息遺切 芄芄蘭
莞也从艸丸聲詩曰芄蘭之枝胡官切 䕡楚謂之蘺晉謂之䕡齊謂之茝从艸嚻聲許嬌切 蘺江蘺蘼蕪从艸
離聲呂之切 茝虈也从艸⿷匚巳聲昌改切 蘪蘪蕪也从艸麋聲靡爲切 薰香艸也从艸熏聲許云切 ⿱艹⿰氵毒
水萹茿从艸从水毒聲讀若督徒沃切 萹萹茿也从艸扁聲方沔切 茿萹茿也从艸筑省聲陟玉切 藒
芞輿也从艸揭聲去謁切 芞芞輿也从艸气聲去訖切 苺馬苺也从艸母聲武皇切 茖艸也从艸各聲古額切
苷甘艸也从艸从甘古三切 芧艸也从艸予聲可以爲繩直呂切 藎艸也从艸盡聲徐刃切
蒁艸也从艸述聲食律切 荵荵冬艸从艸忍聲而軫切 萇萇楚跳弋一名羊桃从艸長聲直良
切 薊芙也从艸魝聲古詣切 荲艸也从艸里聲讀若釐里之切 藋釐艸也一曰拜商藋从艸翟聲徒
弔切 芨堇艸也从艸及聲讀若急居立切 葥山苺也从艸歬聲子賤切 蓩毒艸也从艸務聲莫秩切 蓩
卷耳也从艸務聲亡考切 蓡人蓡藥艸出上黨从艸浸聲山林切 虊鳧葵也从艸攣聲洛官切 ⿱艹戾艸也可以染留
黃从艸戾聲郎計切 荍蚍虾也从艸收聲渠遙切 ⿱艹毗蒿也从艸毗聲房照切 萭艸也从艸禹聲王矩切
荑艸也从艸夷聲杜兮切 薛艸也从艸辥聲私列切 苦大苦苓也从艸古聲康杜切 菩艸也

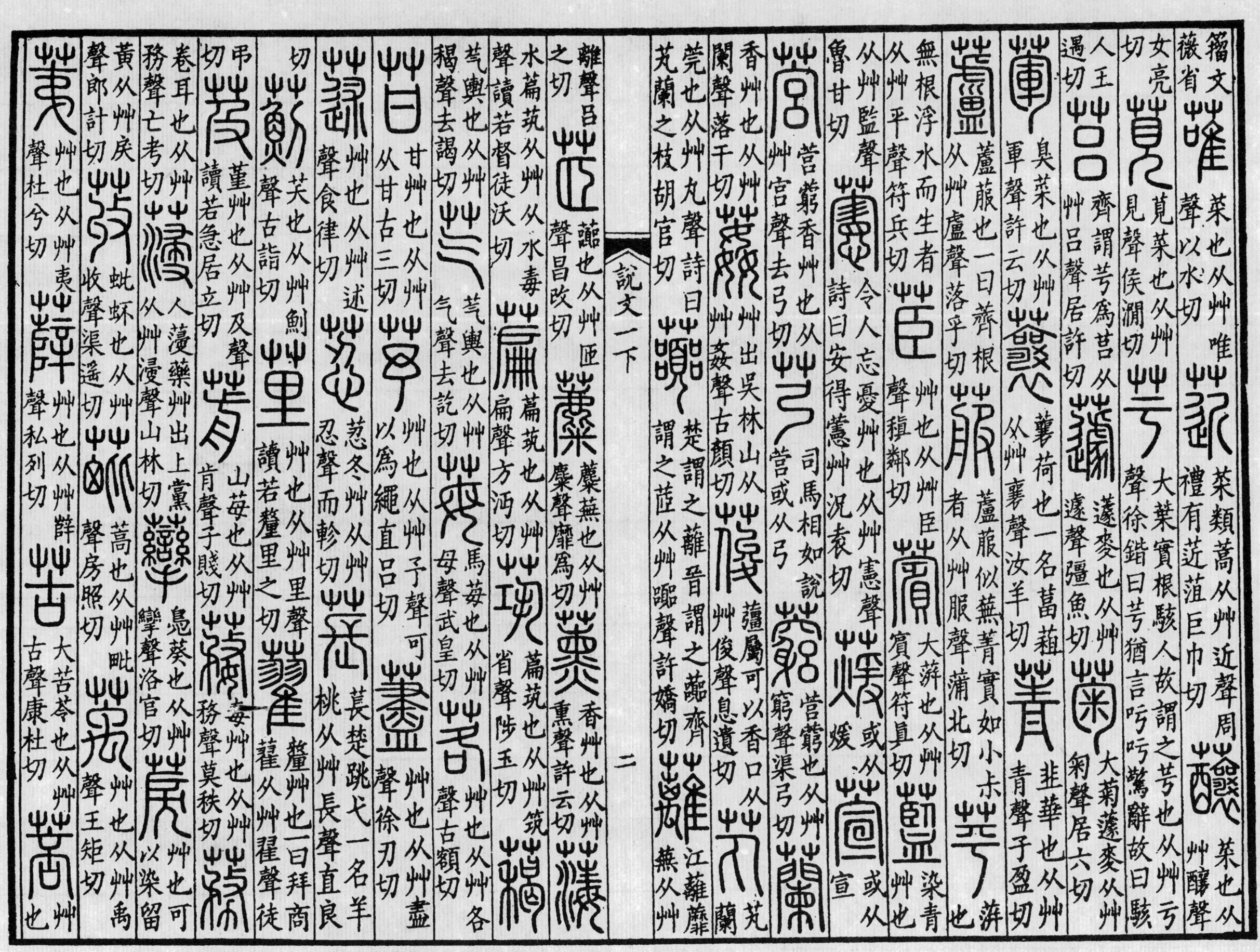

从艸音聲步乃切

⿱艹啻 慧苢从艸啻聲一曰蓄英於力切

茅 菅也从艸矛聲莫交切

菅 茅也从艸官聲古顏切

蘄 艸也从艸斳聲江夏有蘄春亭臣鉉等案說文無斳字他字書亦無此篇下有菥字注云江夏平春亭名疑相承誤重出一字渠支切

莞 艸也可以作席从艸完聲胡官切

藺 莞屬从艸閵聲良刃切

蒢 黃蒢職也从艸除聲直魚切

蒲 水艸也可以作席从艸浦聲薄胡切

蒻 蒲子可以爲平席从艸弱聲而灼切

⿱艹湥 蒲蒻之類也从艸湥聲之箴切

蓷 萑也从艸推聲詩曰中谷有蓷他回切

萑 艸多皃从艸隹聲職追切

茥 缺盆也从艸圭聲苦圭切

莙 井藻也从艸君聲讀若威渠殞切

⿱艹睆 夫蘺也从艸睆聲胡官切

蒚 夫蘺上也从艸鬲聲力的切

苢 芣苢一名馬舃其實如李令人宜子从艸㠯聲周書所說羊止切

蕁 芫藩也从艸尋聲徒含切

⿱艹⿰尋爻 蕁或从爻

蘻 艸也从艸毄聲古歷切

蓲 艸也从艸區聲去鳩切

⿱艹固 艸也从艸固聲古慕切

⿱艹榦 艸也从艸榦聲古案切

藷 藷蔗也从艸諸聲章魚切

蔗 藷蔗也从艸庶聲之夜切

蘘 牂蘘可以作縻綆从艸襄聲女庚切

⿱艹賜 艸也从艸賜聲斯義切

⿱艹中 艸也从艸中聲陟宮切

萯 王萯也从艸負聲房九切

芺 艸也味苦江南食以下气从艸夭聲烏浩切

⿱艹弦 艸也从艸弦聲胡田切

⿱艹圞 艸也从艸圞聲圞籀文囿于救切

⿱艹乎 艸也从艸乎聲芳無切

⿱艹寅 兔瓜也从艸寅聲翼真切

荓 馬帚也从艸并聲薄經切

蕕 水邊艸也从艸猶聲以周切

荌 艸也从艸安聲烏旰切

藄 綦月爾也从艸綦聲渠之切

莃 兔葵也从艸稀省聲香衣切

⿱艹夢 灌渝从艸夢聲讀若萌莫中切

蕧 盜庚也从艸復聲房六切

苓 卷耳也从艸令聲郎丁切

⿱艹贛 艸也从艸贛聲一曰薏苢古送切又古禫切

藑 茅葍也一名蕣从艸夐聲渠營切

⿱艹富 蕌也从艸富聲方布切

葍 蕌也从艸畐聲方六切

蓨 苗也从艸脩聲徒聊切又湯彫切

苖 蓨也从艸由聲徒歷切又他六切

⿱艹昜 艸枝枝相值葉葉相當从艸昜聲楮羊切

薁 蘡薁也从艸奥聲於六切

葴 馬藍也从艸咸聲職深切

蘆 艸也可以束从艸魯聲郎古切

蓾 蘆或从鹵

⿱艹敕 艸也从艸敕聲臣鉉等案說文無敕字當是寂字之省而聲不相近未詳苦怪切

蔞 艸也可以亨魚从艸婁聲力朱切

藟 艸也从艸畾聲詩曰莫莫葛藟一曰秬鬯也力軌切

蒬 棘蒬也从艸冤聲於元切

茈 茈艸也从艸此聲將此切

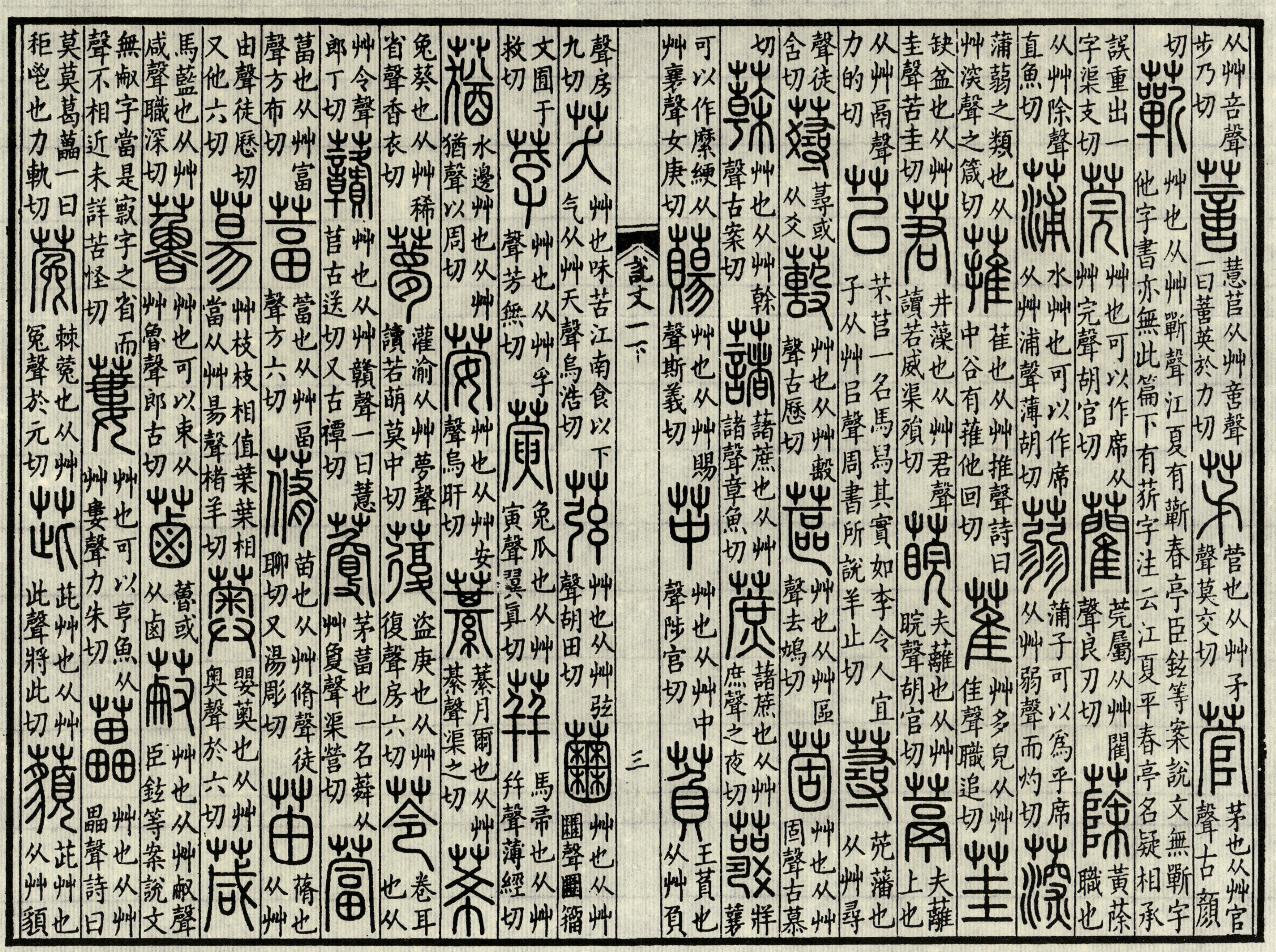

藐 茈艸也从艸頦

聲莫覺切
萴 烏喙也从艸則聲阻力切
蒐 茅蒐茹藘人血所生可以染絳从艸从鬼所鳩切
茜 茅蒐也从艸西聲倉見切
蕼 赤蕼也从艸肆聲息利切
薜 牡贊也从艸辟聲蒲計切
莣 杜榮也从艸忘聲武方切
苞 艸也南陽以爲麤履从艸包聲布交切
艾 冰臺也从艸乂聲五蓋切
蔁 艸也从艸章聲諸良切
芹 楚葵也从艸斤聲巨巾切
薽 豕首也从艸甄聲側鄰切
蔦 寄生也从艸鳥聲詩曰蔦與女蘿都了切
樢 蔦或从木
芸 艸也似目宿从艸云聲淮南子說芸艸可以死復生王分切
⿱艹欳 艸也从艸欳聲麤最切
葎 艸也从艸律聲呂戌切
茦 莿也从艸朿聲楚革切
葀 蓓婁果蓏也从艸𠯑聲古活切
葑 須從也从艸封聲府容切
薺 蒺黎也从艸齊聲詩曰牆有薺疾咨切又徂礼切
莿 朿也从艸刺聲七賜切
董 鼎董也从艸童聲杜林曰藕根多動切
蘻 狗毒也从艸繫聲古詣切
蓃 艸也从艸嫂聲蘇老切
芐 地黃也从艸下聲禮記鈃毛牛藿羊芐豕薇是侯古切
蘞 白蘞也从艸僉聲良冉切
薟 蘞或从斂
⿱艹金 黃荃也从艸金聲具今切
芩 艸也从艸今聲詩曰食野之芩巨今切
藨 鹿藿也从艸麃聲讀若剽一曰蔽屬平表切
虉 綬也从艸鶂聲詩曰邛有旨虉是五狄切
蔆 芰也从艸淩聲楚謂之芰秦謂之薢茩力膺切
⿱艹遴 司馬相如說蔆从遴
芰 蔆也从艸支聲奇記切
茤 杜林說芰从多
薢 薢茩也从艸解聲胡買切
茩 薢茩也从艸后聲胡口切
芡 雞頭也从艸欠聲巨險切
蘜 日精也以秋華从艸𥷚省聲居六切
⿱艹幸 蘜或省
蘥 爵麥也从艸龠聲以勺切
藗 牡茅也从艸遬聲遬籒文速桑谷切
⿱艹私 茅秀也从艸私聲息夷切
蒹 雚之未秀者从艸兼聲古恬切
薍 𦵹也从艸亂聲八月薍爲葦也五患切
𦵹 雚之初生一曰薍一曰鵻从艸剡聲土敢切
菼 𦵹或从炎
薕 蒹也从艸廉聲力鹽切
薠 青薠似莎者从艸煩聲附袁切
茚 昌蒲也从艸卬聲益州云
䓉 茚䓉也从艸邪聲以遮切
芀 葦華也从艸刀聲徒聊切
茢 芀也从艸列聲良薛切
菡 菡藺也从艸函聲胡感切
藺 菡藺芙蓉華未發爲菡藺已發爲芙蓉从艸閻聲徒感切
蓮 芙蕖之實也从艸連聲洛賢切
茄 芙蕖莖从艸加聲古牙切
荷 芙蕖葉从艸何聲胡哥切
蔤 芙蕖本从艸密聲美必切
蕅 芙蕖根从艸水禺聲五厚切
蘢 天蘥也从艸龍聲盧紅切
蓍 蒿屬生十歲百莖易以爲數

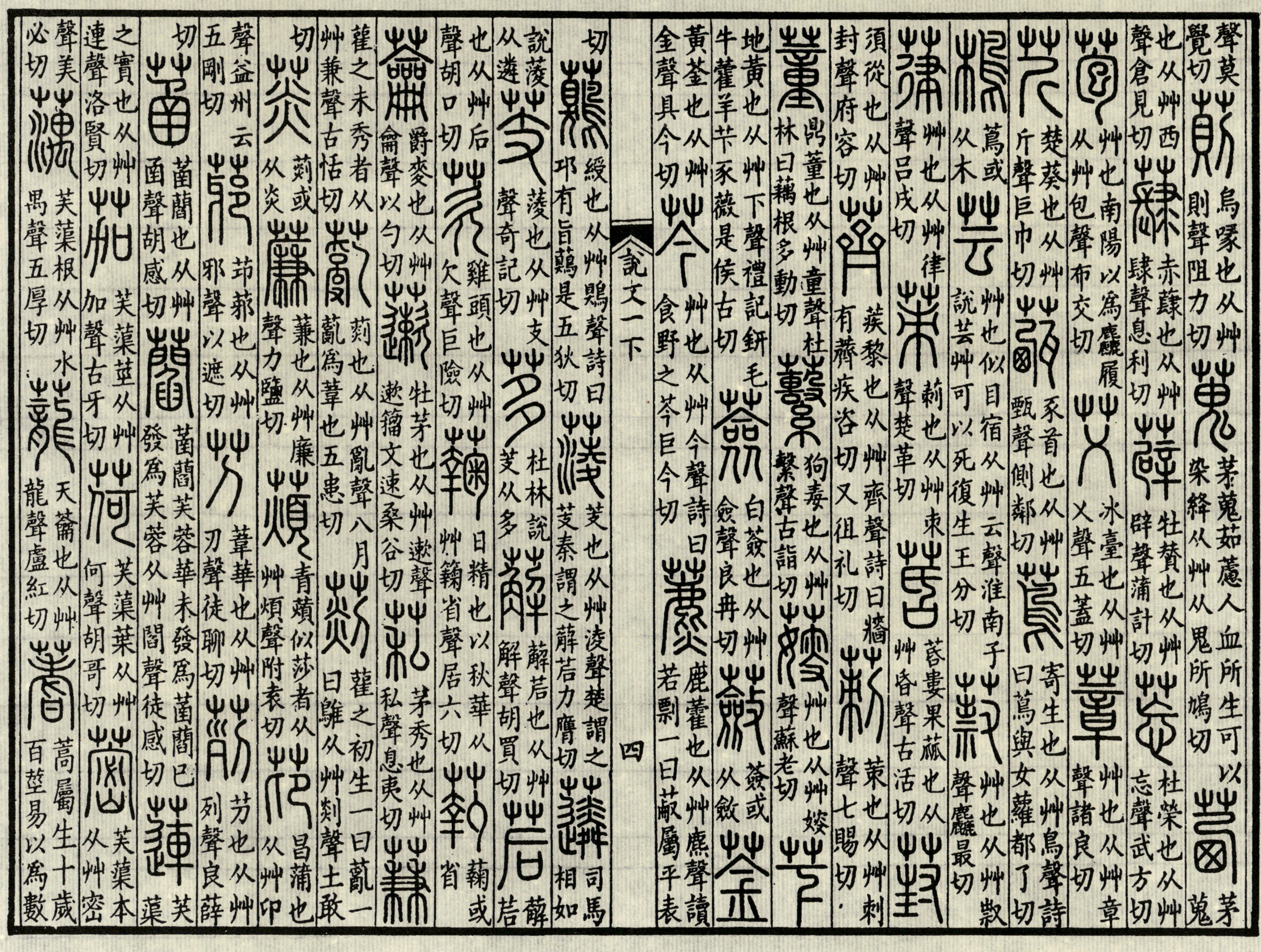

天子著九尺諸侯七尺大夫五尺士三尺从艸耆聲式脂切
菣 香蒿也从艸臤聲去刃切
⿱艹堅 菣或从堅
莪 蘿莪蒿屬从艸我聲五何切
蘿 莪也从艸羅聲魯何切
菻 蒿屬从艸林聲力稔切
蔚 牡蒿也从艸尉聲於胃切
蕭 艾蒿也从艸肅聲蘇彫切
萩 蕭也从艸秋聲七由切
芍 鳧茈也从艸勺聲胡了切
蔪 王彗也从艸湔聲昨先切
蔿 艸也从艸爲聲于鬼切
⿱艹冘 艸也从艸冘聲直深切
蘜 治牆也从艸鞠聲居六切
蘠 蘠靡虋冬也从艸牆聲賤羊切
芪 芪母也从艸氏聲常支切
菀 茈菀出漢中房陵从艸宛聲於阮切
莔 貝母也从艸明省聲武庚切
⿱艹术 山薊也从艸术聲直律切
蓂 析蓂大薺也从艸冥聲莫歷切
菋 荎藸也从艸味聲无沸切
荎 荎藸艸也从艸至聲直尼切
藸 荎藸也从艸豬聲直魚切
葛 絺綌艸也从艸曷聲古達切
蔓 葛屬从艸曼聲無販切
⿱艹皋 葛屬白華从艸臯聲古勞切
莕 菨餘也从艸杏聲何梗切
荇 莕或从行同
菨 菨餘也从艸妾聲子葉切
⿱艹罤 艸也从艸罤聲古渾切
芫 魚毒也从艸元聲愚袁切
蘦 大苦也从艸霝聲郎丁切
蕛 蕛苵也从艸稊聲大兮切
苵 蕛苵也从艸失聲徒結切
艼 艼熒朐也从艸丁聲天經切
蔣 苽蔣也从艸將聲子良切又即兩切
苽 雕苽一名蔣从艸瓜聲古胡切
⿱艹育 艸也从艸育聲余六切
䕈 艸也从艸罷聲符羈切
⿱艹難 艸也从艸難聲如延切
莨 艸也从艸良聲魯當切
葽 艸也从艸要聲詩曰四月秀葽劉向說此味苦苦葽也於消切
薖 艸也从艸過聲苦禾切
菌 地蕈也从艸囷聲渠殞切
蕈 桑萸从艸覃聲慈衽切
䓴 木耳也从艸耎聲一曰萮茈而兗切
葚 桑實也从艸甚聲常衽切
蒟 果也从艸竘聲俱羽切
芘 艸也一曰芘茮木从艸比聲房脂切
蕣 木堇朝華暮落者从艸䑞聲詩曰顏如蕣華舒閏切
萸 茱萸也从艸臾聲羊朱切
茱 茱萸茮屬从艸朱聲市朱切
茮 茮莍从艸尗聲子寮切
莍 茮樧實裹如表者从艸求聲巨鳩切
荆 楚木也从艸刑聲舉卿切
𦻝 古文荆
菭 水衣从艸治聲徒哀切
芽 萌芽也从艸牙聲五加切
萌 艸芽也从艸明聲武庚切
茁 艸初生出地皃从艸出聲詩曰彼茁者葭鄒滑切
莖 枝柱从艸巠聲户耕切
莛 莖也从艸廷聲特丁切
葉 艸木之葉也从艸枼聲与涉切
⿱艹劂 艸之小者从艸劂聲劂古文銳字讀若芮居例切
芣 華盛从艸不聲一曰芣苢縛牟切
葩 華也从艸皅聲普巴切
芛 艸之皇榮也从艸尹聲羊捶切
蘳 黃華

从艸鞾聲讀若壞乎瓦切

蔈 苕之黃華也从艸𤐫聲一曰末也方小切

英 艸榮而不實者一曰黃英从艸央聲於京切

薾 華盛从艸爾聲詩曰彼薾惟何兒氏切

萋 艸盛从艸妻聲詩曰萋萋萋萋七稽切

菶 艸盛从艸奉聲補蠓切

薿 茂也从艸疑聲詩曰黍稷薿薿魚己切

蕤 艸木華垂皃从艸甤聲儒隹切

葼 青徐沇冀謂木細枝曰葼从艸㚇聲子紅切

䔟 艸萎䔟从艸移聲弋支切

蒝 艸木形从艸原聲愚袁切

莢 艸實从艸夾聲古叶切

芒 艸耑从艸亡聲武方切

䕅 藍蓼秀从艸隨省聲羊捶切

蔕 瓜當也从艸帶聲都計切

荄 艸根也从艸亥聲古哀切又古諧切

荺 茇也茅根也从艸均聲于敏切

茇 艸根也从艸犮聲春艸根枯引之而發土爲撥故謂之茇一曰艸之白華爲茇北末切

芃 艸盛也从艸凡聲詩曰芃芃黍苗房戎切

⿱艹傅 華葉布从艸傅聲讀若傅方遇切

蓺 艸木不生也一曰茅芽从艸執聲姊入切

⿱艹狾 艸多皃从艸狾聲江夏平春有狾亭語斤切

茂 艸豐盛从艸戊聲莫候切

⿱艹暢 艸茂也从艸暢聲丑亮切

蔭 艸陰地从艸陰聲於禁切

⿱艹造 艸皃从艸造聲初救切

茲 艸木多益从艸兹省聲子之切

䔎 艸旱盡也从艸俶聲詩曰䔎䔎山川徒歷切

⿱艹歊 艸皃从艸歊聲周禮曰轂獘不藃許嬌切

蔇 艸多皃从艸既聲居味切

薋 艸多皃从艸資聲疾茲切

蓁 艸盛皃从艸秦聲側詵切

莦 惡艸皃从艸肖聲所交切

芮 芮芮艸生皃从艸內聲讀若汭而銳切

茬 艸皃从艸在聲濟北有茬平縣仕甾切

薈 艸多皃从艸會聲詩曰薈兮蔚兮烏外切

⿱艹敄 細艸叢生也从艸敄聲莫候切

芼 艸覆蔓从艸毛聲詩曰左右芼之莫抱切

蒼 艸色也从艸倉聲七岡切

⿱艹風 艸得風皃从艸風讀若婪盧含切

萃 艸皃从艸卒聲讀若瘁秦醉切

蒔 更別種从艸時聲時吏切

苗 艸生於田者从艸从田武鑣切

苛 小艸也从艸可聲乎哥切

蕪 薉也从艸無聲武扶切

薉 蕪也从艸歲聲於廢切

荒 蕪也从艸㠩聲一曰艸淹地也呼光切

薴 艸亂也从艸寍聲杜林說艸䔐薴皃女庚切

䔐 䔐薴皃从艸爭聲側莖切

落 凡艸曰零木曰落从艸洛聲盧各切

蔽 蔽蔽小艸也从艸敝聲必袂切

蘀 艸木凡皮葉落陊地爲蘀从艸擇聲詩曰十月隕蘀它各切

薀 積也从艸温聲春秋傳曰薀利生孽於粉切

蔫 菸也从艸焉聲於乾切

菸 鬱也从艸於聲一曰殘也央居切

⿱艹榮 艸旋皃也从艸榮聲詩曰葛藟縈之於營切

蔡 艸也从艸祭聲蒼大切

茷 艸葉多从艸伐

聲春秋傳曰晉糴茷符發切菜艸之可食者从艸采聲蒼代切荋艸多葉皃从艸而聲沛城父有楊荋亭如之切
𦬒艸浮水中皃从艸乏聲匹凡切薄林薄也一曰蠶薄从艸溥聲旁各切苑所以養禽獸也从艸夗聲於阮切
藪大澤也从艸數聲九州之藪楊州具區荊州雲夢豫州甫田青州孟諸沇州大野雝州弦圃幽州奚養冀州楊紆并州
昭餘祁是也蘇后切菑不耕田也从艸甾易曰不菑畬徐鍇曰當言从艸从甾巛从田田不耕則艸塞之故从巛巛音災若从甾則下有甾
缶字相亂側詞切甾菑或省艸繇艸盛皃从艸繇聲夏書曰厥艸惟繇余招切薙除艸也明
堂月令曰季夏燒薙从艸雉聲他計切⿱艹耒耕多艸从艸耒耒亦聲盧對切⿱艹致艸大也从艸致聲陟利切
蔪艸相蔪苞也从艸斬聲書曰艸木蔪苞慈冉切槧蔪或从槧茀道多艸不可行从艸弗聲
分勿切苾馨香也从艸必聲毗必切蔎香艸也从艸設聲識列切芳香艸也从艸方聲敷方切蕡
雜香艸从艸賁聲浮分切藥治病艸从艸樂聲以勺切⿱艹麗艸木相附麗土而生从艸麗聲易曰百穀艸木麗
於地呂支切蓆廣多也从艸席聲祥易切芟刈艸也从艸从殳所銜切荐薦蓆也从艸存聲在甸切

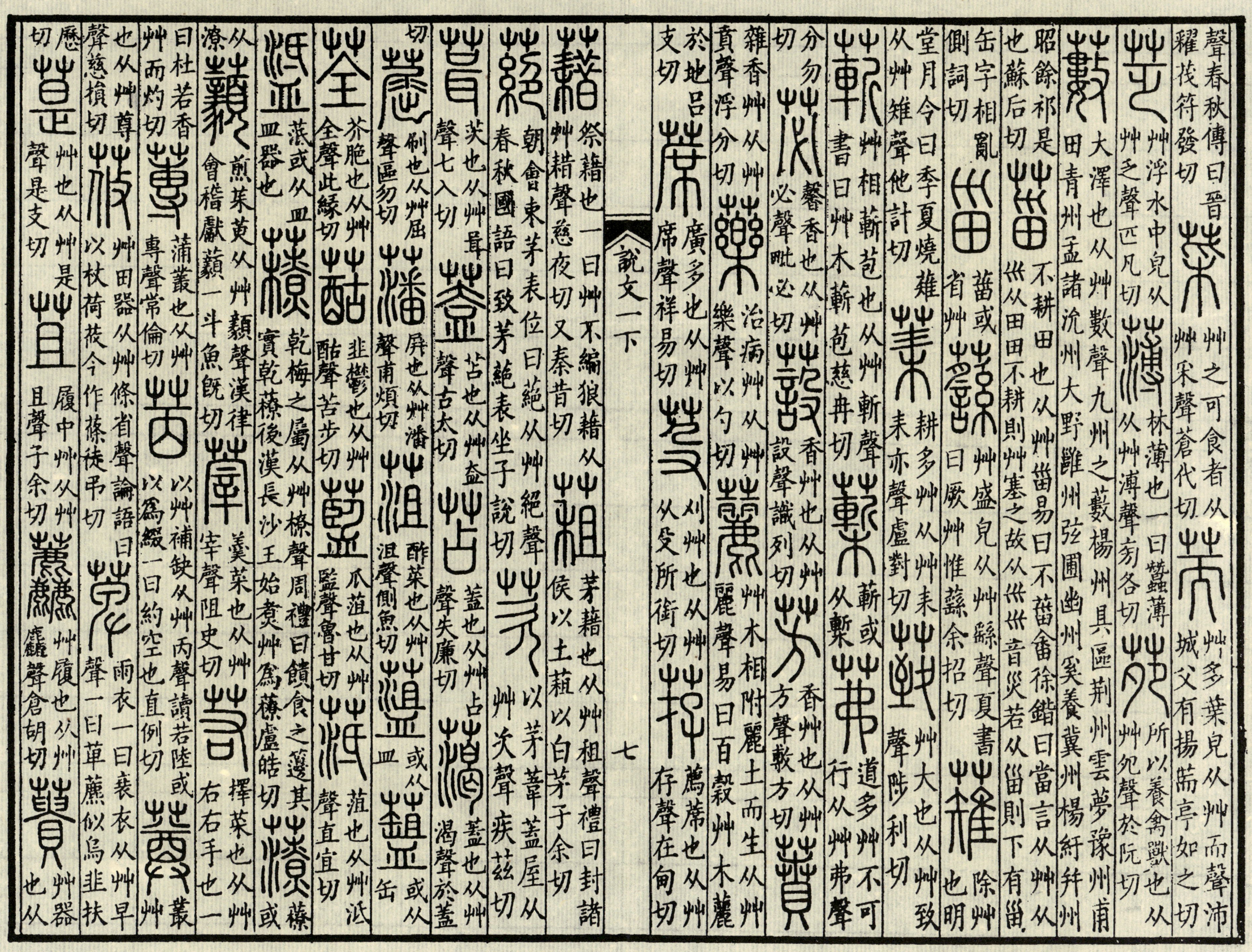

藉祭藉也一曰艸不編狼藉从艸耤聲慈夜切又秦昔切蒩茅藉也从艸租聲禮曰封諸侯以土蒩以白茅子余切
蕝朝會束茅表位曰蕝从艸絕聲春秋國語曰致茅蕝表坐子說切茨以茅葦蓋屋从艸次聲疾茲切
葺茨也从艸咠聲七入切蓋苫也从艸盇聲古太切苫蓋也从艸占聲失廉切⿱艹渴蓋也从艸渴聲於蓋
切⿱艹屈刷也从艸屈聲區勿切藩屏也从艸潘聲甫煩切菹酢菜也从艸沮聲側魚切⿱艹⿱沮皿或从皿⿱艹⿱沮缶或从缶
荃芥脃也从艸全聲此緣切⿱艹酤韭鬱也从艸酤聲苦步切藍瓜菹也从艸監聲魯甘切⿱艹泜菹也从艸泜聲直宜切
⿱艹⿱泜皿⿱艹泜或从皿皿器也⿱艹橑乾梅之屬从艸橑聲周禮曰饋食之籩其實乾⿱艹橑後漢長沙王始煑艸爲⿱艹橑盧皓切⿱艹潦或
从潦藙煎茱萸从艸顡聲漢律會稽獻藙一斗魚既切⿱艹宰羹菜也从艸宰聲阻史切若擇菜也从艸右右手也一
曰杜若香艸而灼切蓴蒲叢也从艸專聲常倫切⿱艹丙以艸補缺从艸丙聲讀若陸或以爲綴一曰約空也直例切⿱艹尊叢艸
也从艸尊聲慈損切莜艸田器从艸條省聲論語曰以杖荷莜今作蓧徒弔切萆雨衣一曰衰衣从艸卑聲一曰萆藨似烏韭扶
歷切⿱艹是艸也从艸是聲是支切苴履中艸从艸且聲子余切⿱艹麤艸履也从艸麤聲倉胡切蕢艸器也从

艸貴聲求位切 臾 古文蕢象形論語曰有荷臾而過孔氏之門 䔞 覆也从艸侵省聲七朕切 茵 車重席从艸因聲於眞切 鞇 司馬相如說茵从革 芻 刈艸也象包束艸之形叉愚切 茭 乾芻从艸交聲一曰牛蘄艸古肴切 荹 亂艸从艸步聲薄故切 茹 飤馬也从艸如聲人庶切 莝 斬芻从艸坐聲麤臥切 萎 食牛也从艸委聲於僞切 𦶑 以穀萎馬置莝中从艸敕聲楚革切 𦯻 蠶薄也从艸曲聲丘玉切 蔟 行蠶蓐从艸族聲千木切 苣 束葦燒从艸巨聲臣鉉等曰今俗別作炬非是其呂切 蕘 薪也从艸堯聲如昭切 薪 蕘也从艸新聲息鄰切 蒸 折麻中榦也从艸烝聲煑仍切 𦯬 蒸或省火 蕉 生枲也从艸焦聲即消切 𦵔 糞也从艸胃省式視切 薶 瘞也从艸貍聲莫皆切 葠 喪藉也从艸侵聲失廉切 折 斷也从斤斷艸譚長說食列切 𣂚 籒文折从艸在仌中仌寒故折 㪿 篆文折从手 卉 艸之總名也从艸屮許偉切 艽 遠荒也从艸九聲詩曰至于艽野巨鳩切 蒜 葷菜从艸祘聲蘇貫切

左文五十三　重二　大篆从茻

芥 菜也从艸介聲古拜切 葱 菜也从艸悤聲倉紅切 蒮 艸也从艸隺聲詩曰食鬱及蒮余六切 蕇 亭歷也从艸單聲多殄切 苟 艸也从艸句聲古厚切 蕨 鼈也从艸厥聲居月切 莎 鎬侯也从艸沙聲蘇禾切 蓱 苹也从艸洴聲薄經切 蓳 艸也根如薺葉如細柳蒸食之甘从艸堇聲居隱切 菲 芴也从艸非聲芳尾切 芴 菲也从艸勿聲文弗切 䕅 艸也从艸鶾聲呼旰切 萑 薍也从艸萑聲胡官切 葦 大葭也从艸韋聲于鬼切 葭 葦之未秀者从艸叚聲古牙切 萊 蔓華也从艸來聲洛哀切 荔 艸也似蒲而小根可作㕞从艸劦聲郎計切 蒙 王女也从艸冢聲莫紅切 薻 水艸也从艸从水巢聲詩曰于以采薻子晧切 藻 薻或从澡 菉 王芻也从艸彔聲詩曰菉竹猗猗力玉切 蓸 艸也从艸曹聲昨牢切 𦳝 艸也从艸卣聲以周切 菬 艸也从艸沼聲昨焦切 范 艸也从艸氾聲房㚇切 艿 艸也从艸乃聲如乘切 䒸 艸也从艸血聲呼決切 萄 艸也从艸匋聲徒刀切 芑 白苗嘉穀从艸己聲驅里切 藚 水舄也从艸賣聲詩曰言采其藚似足切 苳 艸也从艸冬聲都宗切 薔 薔虞蓼从艸嗇聲所力切 苕 艸也从艸召聲徒聊切 𦸶 艸也从艸楙聲莫厚切 萺 艸也从艸冒聲莫報切 茆 鳧葵也从艸丣聲詩曰言采其茆力久切 荼

苦荼也从艸余聲同都切臣鉉等曰此即今之荼字

蘩 白蒿也从艸緐聲附袁切

蒿 菣也从艸高聲呼毛切

蓬 蒿也从艸逢聲薄紅切

䒠 籀文蓬省

藜 艸也从艸黎聲郎奚切

蘬 薺實也从艸歸聲驅歸切

葆 艸盛皃从艸保聲博褒切

蕃 艸茂也从艸番聲甫煩切

茸 艸茸茸皃从艸聰省聲而容切

葏 艸皃从艸津聲子僊切

叢 艸叢生皃从艸叢聲徂紅切

草 草斗櫟實也一曰象斗子从艸早聲自保切臣鉉等曰今俗以此爲艸木之艸別作皁字爲黑色之皁案櫟實可以染帛爲黑色故曰草通用爲草棧字今俗書皁或从白从十或从白从七皆無意義無以下筆

菆 麻蒸也从艸取聲一曰蓐也側鳩切

蓄 積也从艸畜聲丑六切

萅 推也从艸从日艸春時生也屯聲昌純切

菰 艸多皃从艸狐聲江夏平春有菰亭古狐切

菿 艸木倒从艸到聲都盜切

文四百四十五　重三十一

芙 芙蓉也从艸夫聲防無切

蓉 芙蓉也从艸容聲余封切

薳 艸也左氏傳楚大夫薳子馮从艸遠聲韋委切

荀 艸也从艸旬聲臣鉉等案今人姓荀氏本郇侯之後宜用郇字相倫切

莋 越巂縣名見史記从艸作聲在各切

蓀 香艸也从艸孫聲思渾切

蔬 菜也从艸疏聲許直切

芊 艸盛也从艸千聲倉先切

茗 荼芽也从艸名聲莫迥切

薌 穀气也从艸鄉聲許良切

藏 匿也臣鉉等案漢書通用臧字从艸後人所加昨郎切

蕆 左氏傳以蕆陳事杜預注云蕆敕也从艸未詳丑善切

蘸 以物沒水也此蓋俗語从艸未詳斬陷切

文十三　新附

蓐 陳艸復生也从艸辱聲一曰蔟也凡蓐之屬皆从蓐　而蜀切

𦺇 籀文蓐从茻

薅 拔去田艸也从蓐好省聲呼毛切

䒗 籀文薅省

茠 薅或从休詩曰既茠荼蓼

文二　重三

茻 眾艸也从四屮凡茻之屬皆从茻讀與冈同　模朗切

莫 日且冥也从日在茻中莫故切又慕各切

莽 南昌謂犬善逐菟艸中爲莽从犬从茻茻亦聲謀朗切

葬 藏也从死在茻中一其中所以薦之易曰古之葬者厚衣之以薪則浪切

文四

說文解字第一下

說文解字第二上

漢太尉祭酒許愼記

銀青光祿大夫守右散騎常侍上柱國東海縣開國子食邑五百戶臣徐鉉等奉

敕校定

三十部　六百九十三文　重八十八

凡八千四百九十八字

文三十四新附

小　物之微也从八丨見而分之凡小之屬皆从小私兆切

少　不多也从小丿聲書沼切　尐　少也从小乀聲讀若輟子結切　文三

八　別也象分別相背之形凡八之屬皆从八博拔切

分　別也从八从刀刀以分別物也甫文切　尒　詞之必然也从入丨八八象气之分散兒氏切　曾　詞之舒也从八从曰㓢聲昨稜切

尚　曾也庶幾也从八向聲時亮切　㒸　从意也从八豕聲徐醉切　詹　多言也从言从八从厃臣鉉等曰厃高也八分也多故可分也職廉切　介　畫也从八从人人各有介古拜切　𠆢　分也从重八八別也亦聲孝經說曰故上下有別兵列切　公　平分也从八从厶音司八猶背也韓非曰背厶爲公古紅切　必　分極也从八弋弋亦聲卑吉切　余　語之舒也从八舍省聲以諸切　𡭗　二余也讀與余同

文十二　重一

釆　辨別也象獸指爪分別也凡釆之屬皆从釆讀若辨　蒲莧切

𠦒　古文釆　番　獸足謂之番从釆田象其掌附袁切　𨆌　番或从足从煩　𤳉　古文番　寀　悉也知寀諦也从宀从釆徐鍇曰宀覆也釆別也包覆而深別之寀悉也式荏切　審　篆文寀从番　悉　詳盡也从心从釆息七切　悉　古文悉　釋　解也从釆釆取其分別物也从睪聲賞職切

文五　重五

半　物中分也从八从牛牛爲物大可以分也凡

半之屬皆从半 博幔切

胖 半體肉也一曰廣肉从半从肉半亦聲普半切 叛 半也从半反聲薄半切 文三

牛 大牲也牛件也件事理也象角頭三封尾之形

凡牛之屬皆从牛 徐鍇曰件若言物一件二件也封高起也語求切

牡 畜父也从牛土聲莫厚切 犅 特牛也从牛岡聲古郎切 特 朴特牛父也从牛寺聲徒得切 牝 畜母也从牛匕聲易曰畜牝牛吉毗忍切 犢 牛子也从牛瀆省聲徒谷切 㹀 二歲牛从牛市聲博蓋切 犙 三歲牛从牛參聲穌含切

牭 四歲牛从牛从四四亦聲息利切 ⿰牛貳 籀文牭从貳 犗 騬牛也从牛害聲古拜切 牻 白黑雜毛牛从牛尨聲莫江切 㹁 牻牛也从牛京聲春秋傳曰牻㹁呂張切 犡 牛白脊也从牛厲聲洛帶切 㸬 黃牛虎文从牛余聲讀若塗同都切

犖 駁牛也从牛勞省聲呂角切 㹈 牛白脊也从牛寽聲力輟切 㸸 牛駁如星从牛平聲普耕切 犥 牛黃白色从牛麃聲補嬌切 犉 黃牛黑脣也从牛𦎧聲詩曰九十其犉如匀切 㹇 白牛也从牛隺聲五角切 ⿰牛畺 牛長脊也从牛畺聲居良切

⿰牛攴 牛徐行也从牛支聲讀若滔土刀切 犨 牛息聲从牛雔聲一曰牛名赤周切 牟 牛鳴也从牛象其聲气从口出莫浮切 ⿰牛產 畜牲也从牛產聲所簡切 牲 牛完全从牛生聲所庚切 牷 牛純色从牛全聲疾緣切 牽 引前也从牛象引牛之縻也玄聲苦堅切 牿 牛馬牢也从牛告聲周書曰今惟牿牛馬古屋切 牢 閑養牛馬圈也从牛冬省取其四周帀也魯刀切 犓 以芻莖養牛也从牛芻芻亦聲春秋國語曰犓豢幾何側愚切 犪 牛柔謹也从牛夒聲而沼切

犕 易曰犕牛乘馬从牛葡聲平祕切 犂 耕也从牛黎聲郎奚切 ⿱非牛 兩壁耕也从牛非聲一曰覆耕種也讀若匪非尾切 ⿰牛𦉼 牛羊無子也从牛𦉼聲讀若糗糧之糗徒刀切 牴 觸也从牛氐聲都礼切 ⿱衛牛 牛踶衛也从牛衛聲于歲切

⿱臤牛 牛很不從引也从牛从臤臤亦聲一曰大皃讀若賢喫善切 牼 牛厀下骨也从牛巠聲春秋傳曰宋司馬牼字牛口莖切 ⿰牛今 牛舌病也从牛今聲巨禁切 犀 南徼外牛一角在鼻一角在頂似豕从牛尾聲先稽切 牣 牣滿也从牛刃聲詩曰於牣魚躍而震切 物 萬物也牛爲大物天地之數起於牽牛故从牛勿聲文弗切 犧 宗廟之牲也从牛羲聲賈侍中說此非古字許羈切

文四十五 重一

犍 犗牛也从牛建聲亦郡名居言切
犝 無角牛也从牛童聲古通用僮徒紅切

文二 新附

犛 西南夷長髦牛也从牛𠩺聲凡犛之屬皆从犛 莫交切
氂 犛牛尾也从犛省从毛里之切
斄 彊曲毛可以箸起衣从犛省來聲洛哀切
𢉖 古文斄省

文三 重一

告 牛觸人角箸横木所以告人也从口从牛易曰僮牛之告凡告之屬皆从告 古奥切
嚳 急告之甚也从告學省聲苦沃切

文二

口 人所以言食也象形凡口之屬皆从口 苦后切
噭 吼也从口敫聲一曰噭呼也古弔切
噣 喙也从口蜀聲陟救切
喙 口也从口彖聲許穢切
吻 口邊也从口勿聲武粉切
脗 吻或从肉从昏
嚨 喉也从口龍聲盧紅切
喉 咽也从口侯聲乎鉤切
噲 咽也从口會聲讀若快一曰嚵噲也苦夬切
吞 咽也从口天聲土根切
咽 嗌也从口因聲烏前切
嗌 咽也从口益聲伊昔切
𦤷 籀文嗌上象口下象頸脈理也
喗 大口也从口軍聲牛殞切
哆 張口也从口多聲丁可切
呱 小兒嗁聲从口瓜聲詩曰后稷呱矣古乎切
啾 小兒聲也从口秋聲即由切
喤 小兒聲从口皇聲詩曰其泣喤喤乎光切
咺 朝鮮謂兒泣不止曰咺从口宣省聲況晚切
唴 秦晉謂兒泣不止曰唴从口羌聲丘尚切
咷 楚謂兒泣不止曰噭咷从口兆聲徒刀切
喑 宋齊謂兒泣不止曰喑从口音聲於今切
𠵸 小兒有知也从口疑聲詩曰克岐克嶷魚力切
咳 小兒笑也从口亥聲戶來切
孩 古文咳从子
嗛 口有所銜也从口兼聲戶監切
咀 含味也从口且聲慈呂切
啜 嘗也从口叕聲一曰喙也昌說切
㗱 噍也从口集聲讀若集子入切
嚌 嘗也从口齊聲周書曰大保受同祭嚌在詣切
噍 齧也从口焦聲才肖切
嚼 噍或从爵
吮 欶也从口允聲徂沇切
㖢 小歠也从口率聲讀若㕞所劣切
嚵 小啐也从口毚聲一曰喙也士咸切
噬 啗也喙也从口筮聲時制切
啗 食也从口臽聲讀與含同徒濫切
嘰 小食也从口幾聲居衣切
㗘 噍皃从口尃聲補各切
含 嗛也从口今聲胡男切
哺 哺咀也从口甫聲薄故切
味 滋味也从

口未聲無沸切
嚛 食辛嚛也从口樂聲火沃切
⿰口竅 口滿食从口竅聲丁滑切
噫 飽食息也从口意聲於介切
嘽 喘息也一曰喜也从口單聲詩曰嘽嘽駱馬他干切
唾 口液也从口垂聲湯臥切
涶 唾或从水
咦 南陽謂大呼曰咦从口夷聲以之切
呬 東夷謂息爲呬从口四聲詩曰犬夷呬矣虛器切
喘 疾息也从口耑聲昌沇切
呼 外息也从口乎聲荒烏切
吸 內息也从口及聲許及切
噓 吹也从口虛聲朽居切
吹 噓也从口从欠昌垂切
喟 大息也从口胃聲丘貴切
嘳 喟或从貴
啍 口气也从口𦎫聲詩曰大車啍啍他昆切
嚏 悟解气也从口疐聲詩曰願言則嚏都計切
⿰口質 野人言之从口質聲之日切
唫 口急也从口金聲巨錦切又牛音切
噤 口閉也从口禁聲巨禁切
名 自命也从口从夕夕者冥也冥不相見故以口自名武并切
吾 我自稱也从口五聲五乎切
哲 知也从口折聲陟列切
悊 哲或从心
嚞 古文哲从三吉
君 尊也从尹發號故从口舉云切
𠮃 古文象君坐形
命 使也从口从令眉病切
咨 謀事曰咨从口次聲即夷切
召 評也从口刀聲直少切
問 訊也从口門聲亡運切
唯 諾也从口隹聲以水切
唱 導也从口昌聲尺亮切
和 相譍也从口禾聲戶戈切
咥 大笑也从口至聲詩曰咥其笑矣許旣切又直結切
啞 笑也从口亞聲易曰笑言啞啞於革切
噱 大笑也从口豦聲其虐切

唏 笑也从口稀省聲一曰哀痛不泣曰唏虛豈切
听 笑皃从口斤聲宜引切
呭 多言也从口世聲詩曰無然呭呭余制切
嘄 聲嘄嘄也从口梟聲古堯切
咄 相謂也从口出聲當沒切
唉 譍也从口矣聲讀若埃烏開切
哉 言之閒也从口𢦏聲祖才切
噂 聚語也从口尊聲詩曰噂沓背憎子損切
咠 聶語也从口从耳詩曰咠咠幡幡七入切
呷 吸呷也从口甲聲呼甲切
嘒 小聲也从口彗聲詩曰嘒彼小星呼惠切
嚖 或从慧
嘫 語聲也从口然聲如延切
唪 大笑也从口奉聲讀若詩曰瓜瓞菶菶方蠓切
嗔 盛气也从口真聲詩曰振旅嗔嗔待年切
嘌 疾也从口票聲詩曰匪車嘌兮撫招切
嘑 號也从口虖聲荒烏切
喅 音聲喅喅然从口昱聲余六切
嘯 吹聲也从口肅聲穌弔切
歗 籀文嘯从欠
台 說也从口㠯聲与之切
嗂 喜也从口䍃聲余招切
启 開也从戶从口康礼切
嗿 聲也从口貪聲詩曰有嗿其饁他感切
咸 皆也悉也从口从戌戌悉也胡監切
呈 平也从口壬聲直貞切
右 助也从口从又徐鍇曰言不足以左復手助之于救切
啻 語時不啻也从口帝聲一曰啻諟也讀若鞮施智切
吉 善也从士口居質切
周 密也从用口職留切
𠚊 古文周字从古文及
唐 大言也从口庚聲徒郎切
啺 古文唐从口易
𠷎 誰也从口𠳋又聲𠳋古文疇直由切
嘾 含深也从口覃聲徒感切
噎 飯窒也从口壹聲烏結切

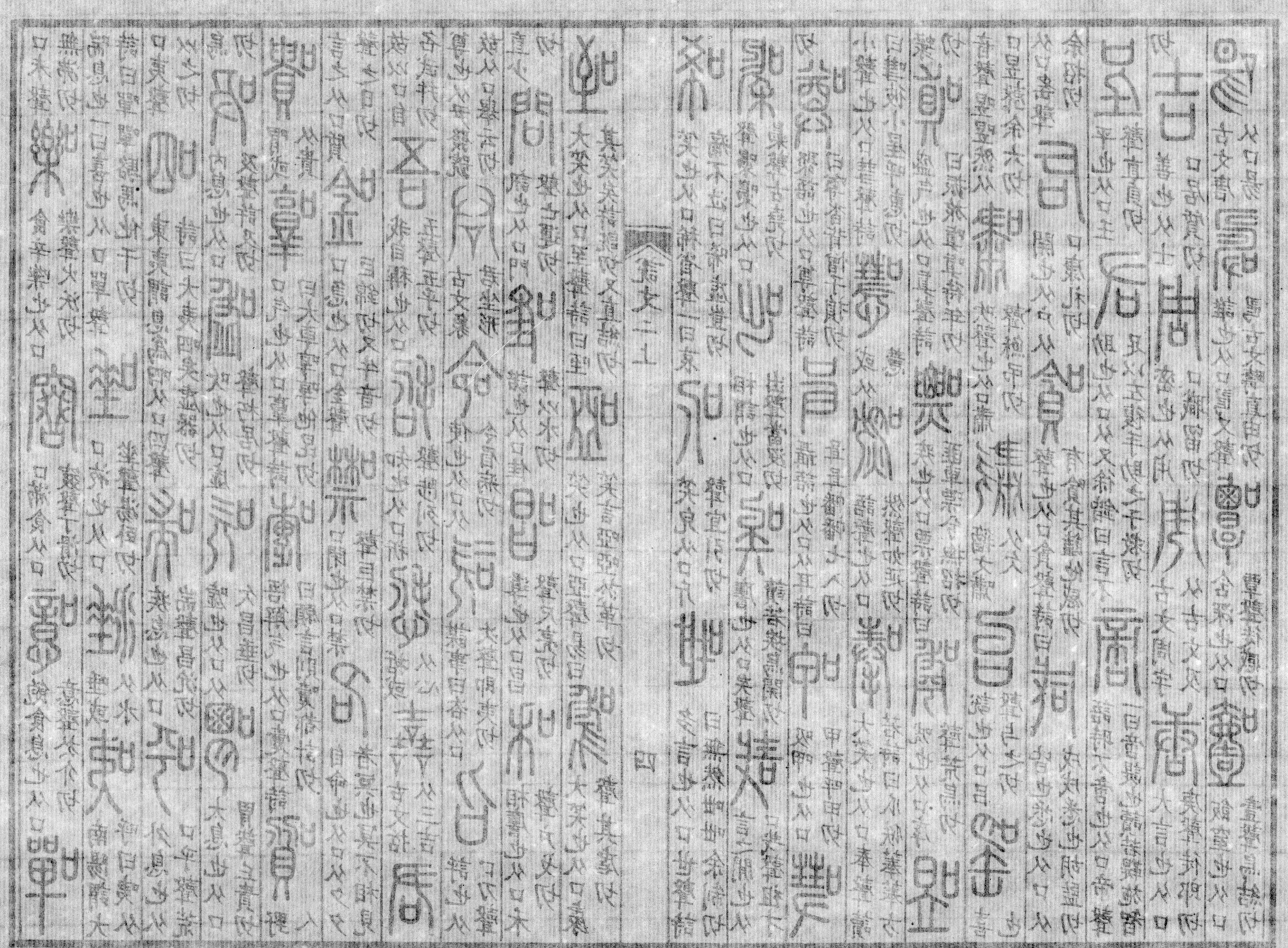

嗢 咽也从口昷聲烏沒切 哯 不歐而吐也从口見聲胡典切 吐 寫也从口土聲他魯切 噦 气啎也从口歲聲於月切 咈 違也从口弗聲周書曰咈其耇長符弗切 嚘 語未定皃从口憂聲於求切 吃 言蹇難也从口气聲居乙切 嗜 嗜欲喜之也从口耆聲常利切 啖 噍啖也从口炎聲一曰噉徒敢切 哽 語爲舌所介也从口更聲讀若井級綆古杏切 嘐 誇語也从口翏聲古肴切 啁 啁嘐也从口周聲陟交切 哇 諂聲也从口圭聲讀若醫於佳切 㖕 語相訶歫也从口歫辛辛惡聲也讀若櫱五葛切 吺 讘吺多言也从口投省聲當侯切 呧 苛也从口氐聲都禮切 呰 苛也从口此聲將此切 嗻 遮也从口庶聲之夜切 唊 妄語也从口夾聲讀若莢古叶切 嗑 多言也从口盍聲讀若甲候榼切 嗙 謌聲嗙喻也从口旁聲司馬相如說淮南宋蔡舞嗙喻也補盲切 噧 高气多言也从口蠆省聲春秋傳曰噧言訶介切 㕦 高气也从口九聲臨淮有厹猶縣巨鳩切 嘮 嘮呶讙也从口勞聲敕交切 呶 讙聲也从口奴聲詩曰載號載呶女交切 叱 訶也从口七聲昌栗切 噴 吒也从口賁聲一曰鼓鼻普魂切 吒 噴也叱怒也从口乇聲陟駕切 噊 危也从口矞聲余律切 啐 驚也从口卒聲七外切 唇 驚也从口辰聲側鄰切 吁 驚也从口于聲況于切 嘵 懼也从口堯聲詩曰唯予音之嘵嘵許幺切 嘖 大呼也从口責聲士革切 謮 嘖或从言 嗷 衆口愁也从口敖聲詩曰哀鳴嗷嗷五牢切 唸 吚也从口念聲詩曰民之方唸吚都見切 吚 唸吚呻也从口尸聲馨伊切 ⿰口嚴 呻也从口嚴聲五銜切 呻 吟也从口申聲失人切 吟 呻也从口今聲魚音切 ⿰音今 吟或从音 訡 或从言 嗞 嗟也从口茲聲子之切 哤 哤異之言从口尨聲一曰雜語讀若尨莫江切 叫 嘑也从口丩聲古弔切 嘅 嘆也从口既聲詩曰嘅其嘆矣苦蓋切 唌 語唌嘆也从口延聲夕連切 嘆 吞歎也从口歎省聲一曰太息也他案切 喝 㵣也从口曷聲於介切 哨 不容也从口肖聲才肖切 吪 動也从口化聲詩曰尚寐無吪五禾切 噆 嗛也从口朁聲子荅切 吝 恨惜也从口文聲易曰以往吝臣鉉等曰今俗別作悋非是良刃切 古文吝从彣 各 異辭也从口夂夂者有行而止之不相聽也古洛切 否 不也从口从不方九切 唁 弔生也从口言聲詩曰歸唁衛侯魚變切 哀 閔也从口衣聲烏開切 嗁 號也从口虒聲杜兮切 嗀 歐皃从口㱿聲春秋傳曰君將嗀之許角切 咼 口戾不正也从口冎聲苦媧切 ⿰口叔 嘆也从口叔聲前歷切 嗼 ⿰口叔嗼也从口莫聲莫各切 𠯑 塞口也从口氒省聲氒音厥古活切 古文从甘 嗾 使犬聲从口族聲春秋傳曰公嗾夫獒穌奏切 吠 犬鳴也从口犬符廢切 咆 嗥也从口包聲薄交切 嗥 咆也从口皋聲乎刀切 獆

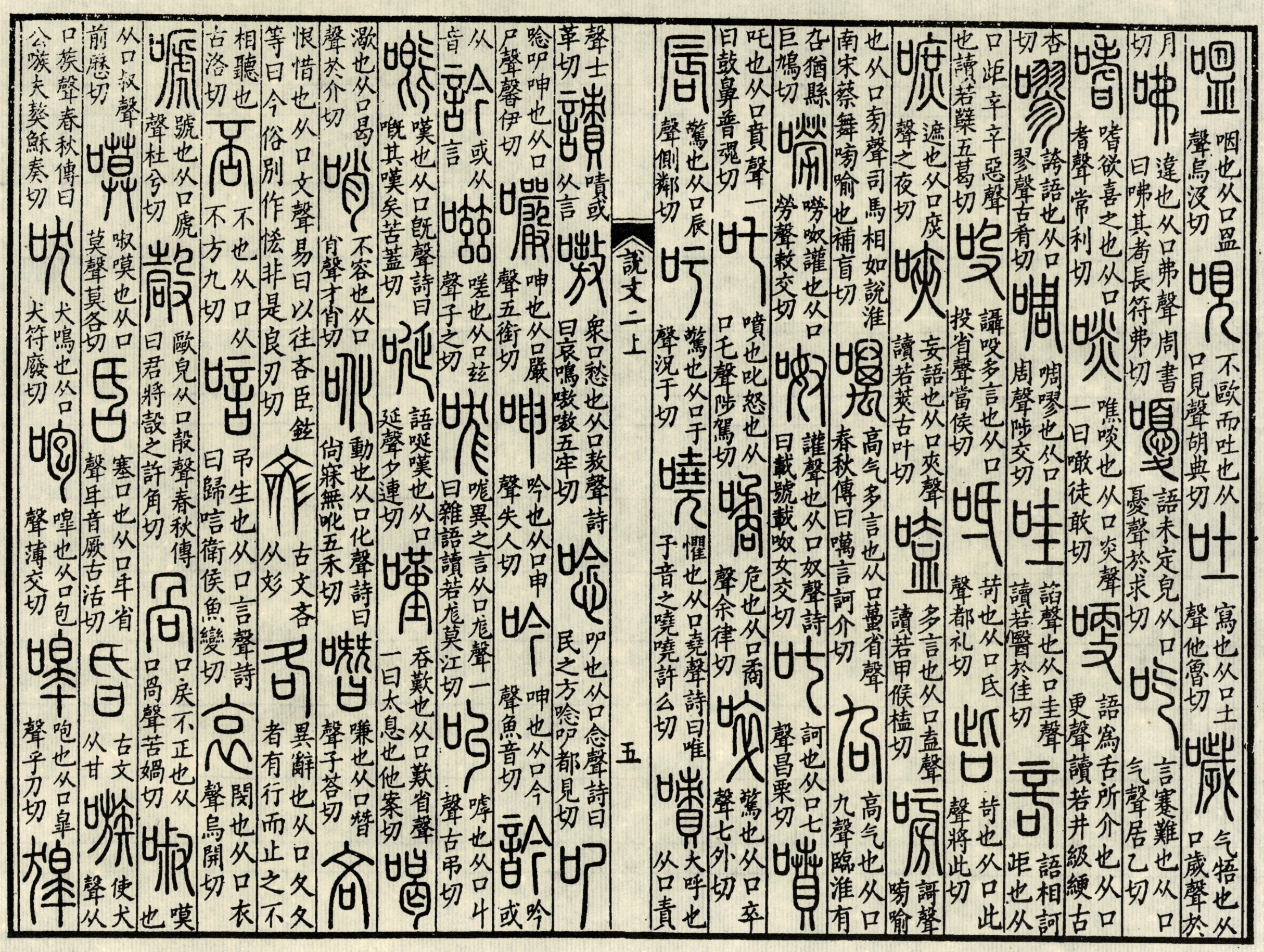

譂長說嘽从犬

喈 鳥鳴聲从口皆聲一曰鳳皇鳴聲喈喈古諧切

哮 豕驚聲也从口孝聲許交切

喔 雞聲也从口屋聲於角切

呝 喔也从口戹聲烏格切

咮 鳥口也从口朱聲章俱切

嚶 鳥鳴也从口嬰聲烏莖切

啄 鳥食也从口豖聲竹角切

唬 嗁聲也一曰虎聲从口从虎讀若暠呼訏切

呦 鹿鳴聲也从口幼聲伊虯切

𡂾 呦或从欠

噳 麇鹿羣口相聚皃从口虞聲詩曰麀鹿噳噳魚矩切

喁 魚口上見从口禺聲魚容切

局 促也从口在尺下復勹之一曰博所以行棊象形徐鍇曰人之無涯者唯口故口在尺下則爲局博局外有垠堮周限也渠綠切

㕣 山間陷泥地从口从水敗皃讀若沇州之沇九州之渥地也故以沇名焉以轉切

𠔌 古文台

文一百八十　重二十一

哦 吟也从口我聲五何切

嗃 嗃嗃嚴酷皃从口高聲呼各切

售 賣去手也从口雔省聲詩曰賈用不售承臭切

噞 噞喁魚口上見也从口僉聲魚檢切

唳 鶴鳴也从口戾聲郎計切

喫 食也从口契聲苦擊切

喚 評也从口奐聲古通用奐呼貫切

咍 蚩笑也从口从台呼來切

嘲 謔也从口朝聲漢書通用啁陟交切

呀 張口皃从口牙聲許加切

文十　新附

凵 張口也象形凡凵之屬皆从凵口犯切

文一

吅 驚嘑也从二口凡吅之屬皆从吅讀若讙臣鉉等曰或通用讙今俗別作喧非是況袁切

𠭹 亂也从爻工交吅一曰窒𠭹讀若禳徐鍇曰二口噂沓也爻物相交質也工人所作也己象交構形女庚切

𡅅 籒文𠭹

嚴 教命急也从吅厰聲語杴切

𠪚 古文

咢 譁訟也从吅屰聲五各切

單 大也从吅甲吅亦聲闕都寒切

喌 呼雞重言之从吅州聲讀若祝之六切

文六　重二

哭 哀聲也从吅獄省聲凡哭之屬皆从哭苦屋切

喪 亡也从哭从亡會意亡亦聲息郎切

文二

走 趨也从夭止夭止者屈也凡走之屬皆从走徐鍇曰走則足屈故从夭子苟切

趨 走也从走芻聲七逾切
赴 趨也从走仆省聲臣鉉等曰春秋傳赴告用此字今俗作訃非是芳遇切
趣 疾也从走取聲七句切
超 跳也从走召聲敕宵切
趫 善緣木走之才从走喬聲讀若王子蹻去嚻切
赳 輕勁有才力也从走丩聲讀若鐈居黝切
⿺走支 緣大木也一曰行皃从走支聲巨之切
趮 疾也从走喿聲臣鉉等曰今俗別作躁非是則到切
趯 踊也从走翟聲以灼切
⿺走厥 蹶也从走厥聲居月切
越 度也从走戉聲王伐切
趁 ⿺走亶也从走㐱聲讀若塵丑刃切
⿺走亶 趁也从走亶聲張連切
趞 趬趞也一曰行皃从走昔聲七雀切
趬 行輕皃一曰趬舉足也从走堯聲牽遙切
⿺走弦 急走也从走弦聲胡田切
趀 蒼卒也从走朿聲讀若資取私切
⿺走票 輕行也从走票聲撫招切
⿺走臤 行皃从走臤聲讀若菣弃忍切
趥 行皃从走酋聲千牛切
⿺走蜀 行皃从走蜀聲讀若燭之欲切
⿺走匠 行皃从走匠聲讀若匠疾亮切
⿺走叡 走皃从走叡聲讀若紃臣鉉等以爲叡聲遠疑从容詳遵切
⿺走薊 走意从走薊聲讀若髽結之結古屑切
⿺走困 走意从走困聲丘忿切
趖 走意从走坐聲蘇和切
⿺走憲 走意从走憲聲許建切
⿺走臱 走意从走臱聲布賢切
⿺走𢦏 走也从走𢦏聲讀若詩威儀秩秩直質切
⿺走有 走也从走有聲讀若又于救切
⿺走烏 走輕也从走烏聲讀若鄔安古切
⿺走瞿 走顧皃从走瞿聲讀若劬其俱切
⿱𡨄走 走皃从走蹇省聲九輦切
⿺走才 疑之等趀而去也从走才聲倉才切
⿺走此 淺渡也从走此聲雌氏切
⿺走勻 獨行也从走勻聲讀若煢渠營切
⿺走與 安行也从走與聲余呂切
起 能立也从走巳聲墟里切
𨑩 古文起从辵
⿺走里 留意也从走里聲讀若小兒孩戶來切
⿺走臭 行也从走臭聲香仲切
⿺走金 低頭疾行也从走金聲牛錦切
趌 趌⿺走曷怒走也从走吉聲去吉切
⿺走曷 趌⿺走曷也从走曷聲居謁切
⿺走睘 疾也从走睘聲讀若讙況袁切
⿺走气 直行也从走气聲魚訖切
⿺走翼 趨進⿺走翼如也从走翼聲与職切
趹 踶也从走決省聲古穴切
趩 行聲也一曰不行皃从走異聲讀若敕丑亦切
趆 趍也从走氐聲都礼切
趍 趨趙也从走多聲直离切
趙 趨趙也从走肖聲治小切
赾 行難也从走斤聲讀若堇丘堇切
⿺走夐 走意也从走夐聲讀若繘居聿切
趠 遠也从走卓聲敕角切
⿺走龠 趠⿺走龠也从走龠聲以灼切
⿺走矍 大步也从走矍聲丘縛切
⿺走契 超特也从走契聲丑例切
⿺走幾 走也从走幾聲居衣切
⿺走弟 走也从走弟聲敷勿切
⿺走矞 狂走也从走矞聲余律切
⿺走曼 行遲也从走曼聲莫還切
趉 走也从走出聲讀若無尾之屈瞿勿切
趜 窮也从走匊聲居六切
趑 趑趄行不進也从走次聲取私切
趄 趑趄也从走且聲七余切
⿺走虔 ⿺走虔行⿺走虔⿺走虔也从走虔聲讀若愆去虔切
⿺走雚 行⿺走雚⿺走录也一曰行曲脊皃从走雚聲巨員切
⿺走录 ⿺走雚⿺走录也从走录聲力玉切
⿺走戔 行⿺走戔⿺走戔也

从走夋聲七倫切

趚 側行也从走朿聲詩曰謂地蓋厚不敢不趚資昔切

⿺走圭 半步也从走圭聲讀若跬同丘弭切

⿺走虒 ⿺走虒鷈輕薄也从走虒聲讀若池直离切

⿺走音 僵也从走音聲讀若匐朋北切

⿺走樂 動也从走樂聲讀若春秋傳曰輔⿺走樂郎擊切

⿺走厈 距也从走厈省聲漢令曰⿺走厈張百人車者切

趡 動也从走隹聲春秋傳曰盟于趡趡地名千水切

⿺走亘 ⿺走亘田易居也从走亘聲羽元切

⿺走眞 走頓也从走眞聲讀若顛都年切

⿺走甬 喪辟⿺走甬从走甬聲余隴切

⿺走畢 止行也一曰竈上祭名从走畢聲卑吉切

⿺走斬 進也从走斬聲藏濫切

趧 趧婁四夷之舞各自有曲从走是聲都兮切

趒 雀行也从走兆聲徒遼切

赶 舉尾走也从走干聲巨言切

文八十五　重一

止 下基也象艸木出有址故以止爲足凡止之屬皆从止諸市切

歱 跟也从止重聲之隴切

⿱尚止 歫也从止尚聲丑庚切

歭 躇也从止寺聲直离切

歫 止也从止巨聲一曰搶也一曰超歫其呂切

歬 不行而進謂之歬从止在舟上昨先切

歷 過也从止厤聲郎擊切

⿰止叔 至也从止叔聲昌六切

⿱辟止 人不能行也从止辟聲必益切

歸 女嫁也从止从婦省𠂤聲舉韋切

⿰⿱𠂤止帚 籀文省

疌 疾也从止从又又手也屮聲疾葉切

⿱疌止 機下足所履者从止从又入聲尼輒切

⿰反止 蹈也从反止讀若撻他達切

歰 不滑也从四止色立切

文十四　重一

癶 足剌癶也从止少凡癶之屬皆从癶讀若撥北末切

登 上車也从癶豆象登車形都滕切

𤼷 籀文登从収

癹 以足蹋夷艸从癶从殳春秋傳曰癹夷蘊崇之普活切

文三　重一

步 行也从止少相背凡步之屬皆从步薄故切

歲 木星也越歷二十八宿宣徧陰陽十二月一次从步戌聲律歷書名五星爲五步相銳切

文二

此 止也从止从匕匕相比次也凡此之屬皆从此雌氏切

啙 窳也闕將此切

⿱此朿 識也从此朿聲一曰藏也遵誄切

文三

些 語辭也見楚辭从此从二其義未詳蘇箇切

文一　新附

說文解字弟二上

說文解字第二下　漢太尉祭酒許慎記

銀青光祿大夫守右散騎常侍上柱國東海縣開國子食邑五百戶臣徐鉉等奉勑校定

正 是也从止一以止凡正之屬皆从正 徐鍇曰守一以止也之盛切
𤴓 古文正从二二古上字
𤴔 古文正从一足足者亦止也
乏 春秋傳曰反正爲乏房法切

文二　重二

是 直也从日正凡是之屬皆从是承旨切
韙 是也从是韋聲春秋傳曰犯五不韙于鬼切
愇 籒文韙从心
尟 是少也尟俱存也从是少賈侍中說酥典切

文三　重二

辵 乍行乍止也从彳从止凡辵之屬皆从辵讀若春秋公羊傳曰辵階而走丑略切
迹 步處也从辵亦聲資昔切
蹟 或从足責
速 籒文迹从朿
𨖬 無違也从辵𠦬聲讀若害胡蓋切
䢦 先道也从辵率聲疏密切
邁 遠行也从辵蠆省聲莫話切
𨘩 邁或不省
巡 延行皃从辵川聲詳遵切
遚 恭敬行也从辵殷聲讀若九居又切
𨑒 步行也从辵土聲同都切
邎 行邎徑也从辵䌛聲以周切
𨑥 正行也从辵正聲諸盈切
征 𨑥或从彳
隨 从也从辵𡐦省聲旬爲切
迋 往也从辵王聲春秋傳曰子無我迋于放切
逝 往也从辵折聲讀若誓時制切
𨑳 往也从辵且聲𨑳齊語全徒切
徂 𨑳或从彳
䢐 籒文从虘
述 循也从辵术聲食聿切
𨘷 籒文从秫
遵 循也从辵尊聲將倫切
適 之也从辵啻聲適宋魯語施隻切
過 度也从辵咼聲古禾切
遦 習也从辵貫聲工患切
𨗳 媟遺也从辵賣聲徒谷切
進 登也从辵閵省聲即刃切
造 就也从辵告聲譚長說造上士也七到切
艁 古文造从舟
逾 𨑜進也从辵俞聲周書曰無敢昏逾羊朱切
遝 迨也从辵眔聲徒合切
迨 遝也从辵合聲侯閤切
迮 迮迮起也从辵作省聲阻革切
逪 迹逪也从辵昔聲倉各切
遄 往來數也从辵耑聲易曰巳事遄往市緣切
速 疾也从辵束聲桑谷切
遬 籒文从欶
警 古文从欶从言
迅 疾也从辵卂聲息進切
适 疾也从辵𠯑聲讀與括同古活切
逆 迎也从辵

屰聲關東曰逆關西曰迎宜戟切 迎 逢也从辵卬聲語京切 ⿺辶交 會也从辵交聲古肴切 遇 逢也从辵禺聲牛具切 遭
遇也从辵曹聲一曰邐行作曹切 遘 遇也从辵冓聲古候切 逢 遇也从辵峯省聲符容切 遻 相遇驚也从辵从咢咢亦聲五各切 迪
道也从辵由聲徒歷切 遞 更易也从辵虒聲特計切 通 達也从辵甬聲他紅切 ⿺辶止 迻也从辵止聲斯氏切 徙 徙或从彳
𡱝 古文徙 迻 遷徙也从辵多聲弋支切 遷 登也从辵䙴聲七然切 拪 古文遷从手西 運 逐徙也从辵軍聲王問切
遁 遷也一曰逃也从辵盾聲徒困切 遜 遁也从辵孫聲蘇困切 返 還也从辵从反反亦聲商書曰祖甲返扶版切 ⿰彳反 春秋傳返从彳
還 復也从辵瞏聲戶關切 選 遣也从辵巽巽遣之巽亦聲一曰選擇也思沇切 送 遣也从辵倂省蘇弄切 ⿺辶倂 籀文不省
遣 縱也从辵𠳋聲去衍切 邐 行邐邐也从辵麗聲力紙切 逮 唐逮及也从辵隶聲臣鉉等曰或作迨徒耐切 遲
徐行也从辵犀聲詩曰行道遲遲直尼切 ⿺辶尼 遲或从𡰥 遟 籀文遲从屖 邌 徐也从辵黎聲郎奚切 遰 去也从辵帶聲特計切
⿺辶肙 行皃从辵肙聲烏元切 ⿺辶䴊 不行也从辵䴊聲讀若住中句切 逗 止也从辵豆聲田候切 迟 曲行也从辵只聲綺戟切 逶
逶迤衺去之皃从辵委聲於爲切 蟡 或从虫爲 迆 衺行也从辵也聲夏書曰東迆北會于匯移尒切 遹 回避也从辵矞聲余律切
避 回也从辵辟聲毗義切 違 離也从辵韋聲羽非切 遴 行難也从辵粦聲易曰以往遴良刃切 僯 或从人 逡
復也从辵夋聲七倫切 ⿺辶氐 怒不進也从辵氐聲都禮切 達 行不相遇也从辵羍聲詩曰挑兮達兮徒葛切 达 達或从大或曰迭 逯
行謹逯逯也从辵录聲盧谷切 迵 迵迭也从辵同聲徒弄切 迭 更迭也从辵失聲一曰达徒結切 迷 或也从辵米聲莫兮切 連 負連
也从辵从車力延切 逑 斂聚也从辵求聲虞書曰旁逑孱功又曰怨匹曰逑巨鳩切 ⿺辶貝 斂也从辵貝聲周書曰我興受其退薄邁切
逭 逃也从辵官聲胡玩切 ⿰兆雚 逭或从雚从兆 遯 逃也从辵从豚徒困切 逋 亡也从辵甫聲博孤切 ⿺辶捕 籀文逋从
捕 遺 亡也从辵貴聲以追切 遂 亡也从辵㒸聲徐醉切 ⿺辶朮 古文遂 逃 亡也从辵兆聲徒刀切 追 逐也
从辵𠂤聲陟隹切 逐 追也从辵从豚省徐鍇曰豚走而豕追之會意直六切 遒 迫也从辵酉聲字秋切 ⿺辶酋 遒或从酋 近
附也从辵斤聲渠遴切 㫷 古文近 ⿺辶巤 搚也从辵巤聲良涉切 迫 近也从辵白聲博陌切 ⿺辶臸 近也从辵臸聲人質切
邇 近也从辵爾聲兒氏切 迩 古文邇 遏 微止也从辵曷聲讀若桑蟲之蝎烏割切 遮 遏也从辵庶聲止車切 ⿺辶羨
遮⿺辶羨也从辵羨聲于線切 迣 迾也晉趙曰迣从辵世聲讀若寘征例切 迾 遮也从辵列聲良辥切 迀 進也从辵干聲讀若干古寒切

⿺辵侃 過也从辵侃聲去虔切
遱 連遱也从辵婁聲洛侯切
迣 前頡也从辵市聲賈侍中說一讀若拾又若郅此芮切
⿺辵枷 ⿺辵枷互令不得行也从辵枷聲徐鍇曰⿺辵枷互猶犬牙左右相制也古牙切
⿺辵戉 踰也从辵戉聲易曰雜而不⿺辵戉王伐切
逞 通也从辵呈聲楚謂疾行爲逞春秋傳曰何所不逞欲丑郢切
遼 遠也从辵尞聲洛簫切
遠 遼也从辵袁聲雲阮切
𨗨 古文遠
逖 遠也从辵狄聲他歷切
逷 古文逖
迥 遠也从辵同聲戶穎切
逴 遠也从辵卓聲一曰蹇也讀若棹苕之棹臣鉉等案棹苕今無此語未詳敕角切
迂 避也从辵于聲憶俱切
⿺辵𦘒 目進極也从辵𦘒聲子僊切
邍 高平之野人所登从辵备彔闕愚袁切
道 所行道也从辵从首一達謂之道徒皓切
𨗳 古文道从首寸
遽 傳也一曰窘也从辵豦聲其倨切
迒 獸迹也从辵亢聲胡郎切
䟘 迒或从足从更
⿺辵弔 至也从辵弔聲都歷切
邊 行垂崖也从辵臱聲布賢切

文一百一十八　重三十一

邂 邂逅不期而遇也从辵解聲胡懈切
逅 邂逅也从辵后聲胡遘切
遑 急也从辵皇聲或从彳胡光切
逼 近也从辵畐聲彼力切
邈 遠也从辵貇聲莫角切
遐 遠也从辵叚聲臣鉉等曰或通用假字胡加切
迄 至也从辵气聲許訖切
迸 散走也从辵幷聲北諍切
透 跳也過也从辵秀聲他候切
邏 巡也从辵羅聲郎左切
迢 迢遰也从辵召聲徒聊切
逍 逍遙猶翱翔也从辵肖聲臣鉉等案詩只用消搖此二字字林所加相邀切
遙 逍遙也又遠也从辵䍃聲余招切

文十三　新附

彳 小步也象人脛三屬相連也凡彳之屬皆从彳丑亦切
德 升也从彳㥁聲多則切
徑 步道也从彳巠聲徐鍇曰道不容車故曰步道居正切
復 往來也从彳复聲房六切
⿰彳柔 復也从彳从柔柔亦聲人九切
徎 徑行也从彳呈聲丑郢切
往 之也从彳㞷聲于兩切
𢓸 古文从辵
忂 行皃从彳瞿聲其俱切
彼 往有所加也从彳皮聲補委切
徼 循也从彳敫聲古堯切
循 行順也从彳盾聲詳遵切
彶 急行也从彳及聲居立切
⿰彳㕡 行皃从彳㕡聲一曰此與馺同穌合切
微 隱行也从彳敚聲春秋傳曰白公其徒微之無非切
徥 徥徥行皃从彳是聲爾雅曰徥則也是支切
徐 安行也从彳余聲似魚切
⿰彳夷 行平易也从彳夷聲以脂切
⿰彳甹 使也从彳甹聲普丁切
⿰彳夆 使也从彳夆聲讀若螽蠭敷容切
⿰彳戔 迹也从彳戔聲慈衍切
徬 附行也从彳旁聲蒲浪切
徯 待也从彳奚聲胡計切
⿺辵奚 徯或从足
待 竢也从彳寺聲徒在切
⿰彳由 行⿰彳由⿰彳由也从彳由聲徒歷切
徧 帀也从彳扁聲比薦切
徦 至也从彳叚聲

古雅切
㣈 卻也一曰行遲也从彳从日从夊他內切
衲 㣈或从內
退 古文从辵
後 遲也从彳幺夊者後也徐鍇曰幺猶纍躓之也胡口切
逡 古文後从辵
㣔 久也从彳犀聲讀若遲杜兮切
很 不聽从也一曰行難也一曰盭也从彳皀聲胡懇切
[彳重] 相迹也从彳重聲之隴切
得 行有所得也从彳㝵聲多則切
㝵 古文省彳
徛 舉脛有渡也从彳奇聲去奇切
徇 行示也从彳勻聲司馬法斬以徇詞閏切
律 均布也从彳聿聲呂戌切
御 使馬也从彳从卸徐鍇曰卸解車馬也或彳或卸皆御者之職牛據切
馭 古文御从又从馬
亍 步止也从反彳讀若畜丑玉切

文三十七　重七

廴 長行也从彳引之凡廴之屬皆从廴余忍切
廷 朝中也从廴壬聲特丁切
[廴正] 行也从廴正聲諸盈切
建 立朝律也从聿从廴臣鉉等曰聿律省也居萬切

文四

㢟 安步㢟㢟也从廴从止凡㢟之屬皆从㢟丑連切
延 長行也从㢟丿聲以然切

文二

行 人之步趨也从彳从亍凡行之屬皆从行戶庚切
術 邑中道也从行朮聲食聿切
街 四通道也从行圭聲古膎切
衢 四達謂之衢从行瞿聲其俱切
衝 通道也从行童聲春秋傳曰及衝以戈擊之昌容切
衕 通街也从行同聲徒弄切
[行戔] 迹也从行戔聲才綫切
衙 行皃从行吾聲魚舉切又音牙
衎 行喜皃从行干聲空旱切
[行言] 行且賣也从行从言黃絢切
衒 [行言]或从玄
[行率] 將衛也从行率聲所律切
衛 宿衛也从韋帀从行行列衛也于歲切

文十二　重一

齒 口齗骨也象口齒之形止聲凡齒之屬皆从齒昌里切
[古文齒] 古文齒字
齗 齒本也从齒斤聲語斤切
齔 毀齒也男八月生齒八歲而齔女七月生齒七歲而齔从齒从七初堇切
[齒責] 齒相值也一曰齧也从齒責聲春秋傳曰晳[齒責]士革切
[齒此] 齒相齗也一曰開口見齒之皃从齒柴省聲讀若柴仕街切
齘 齒相切也从齒介聲胡介切
齞 口張齒見从齒只聲研繭切
[齒兼] 齒差也从齒兼聲五銜切
齺 齒擠也一曰齰也一曰馬口中糜也从齒芻聲側鳩切
齵 齒不正也从齒禺聲五婁切
[齒虘] 齬齒也从齒虘聲側加切
齱 齺也从齒取聲側鳩切
齹 齒參差从齒差聲楚宜切
[齒佐] 齒差跌皃从齒佐聲春秋傳曰鄭有子[齒佐]臣鉉等曰說文無佐字此字當从㸏傳寫之誤昨何切
齤 缺齒也一曰曲齒从齒龹聲讀若權巨負切
[齒專]

無齒也从齒軍聲魚吻切

齾 缺齒也从齒獻聲五鎋切

⿰齒巨 齗腫也从齒巨聲區主切

齯 老人齒从齒兒聲五雞切

齮 齧也从齒奇聲魚綺切

⿰齒出 齚齒也从齒出聲仕乙切

齰 齧也从齒昔聲側革切

齚 齰或从乍

⿰齒咸 齧也从齒咸聲工咸切

齦 齧也从齒艮聲康很切

⿰齒干 齒見皃从齒干聲五版切

⿰齒卒 齚齚也从齒卒聲昨沒切

⿰齒列 齒分骨聲从齒列聲讀若剌盧達切

齩 齧骨也从齒交聲五巧切

⿰齒屑 齒差也从齒屑聲讀若切千結切

⿰齒吉 齒堅聲从齒吉聲赫鎋切

⿰齒豈 [illegible]牙也从齒豈聲五來切

齝 吐而噍也从齒台聲爾雅曰牛曰齝丑之切

齕 齧也从齒气聲戶骨切

⿰齒聯 齒見皃从齒聯聲力延切

齧 噬也从齒㓞聲五結切

齭 齒傷酢也从齒所聲讀若楚創舉切

齨 老人齒如臼也一曰馬八歲齒臼也从齒从臼臼亦聲其久切

齬 齒不相值也从齒吾聲魚舉切

齛 羊粻也从齒世聲私列切

齸 鹿麋粻从齒益聲伊昔切

⿰齒至 齒堅也从齒至聲陟栗切

⿰齒骨 齧骨聲从齒从骨骨亦聲戶八切

⿰齒昏 噍聲从齒昏聲古活切

⿰齒尃 噍堅也从齒博省聲補莫切

文四十四　重二

齡 年也从齒令聲臣鉉等案禮記夢帝與我九齡疑通用靈武王初聞九齡之語不達其義乃云西方有九國若當時有此齡字則武王豈不達也蓋後人所加郎丁切

文一　新附

牙 牡齒也象上下相錯之形凡牙之屬皆从牙五加切

𤘗 古文牙

䯊 武牙也从牙从奇奇亦聲去奇切

𤘘 齒蠹也从牙禹聲區禹切

齲 𤘘或从齒

文三　重二

足 人之足也在下从止口凡足之屬皆从足徐鍇曰口象股脛之形即玉切

蹏 足也从足虒聲杜兮切

跟 足踵也从足艮聲古痕切

𧿹 跟或从止

踝 足踝也从足果聲胡瓦切

跖 足下也从足石聲之石切

踦 一足也从足奇聲去奇切

跪 拜也从足危聲去委切

跽 長跪也从足忌聲渠几切

踧 行平易也从足叔聲詩曰踧踧周道子六切

躣 行皃从足瞿聲其俱切

踖 長脛行也从足昔聲一曰踧踖資昔切

踽 疏行皃从足禹聲詩曰獨行踽踽區主切

蹡 行皃从足將聲詩曰管磬蹡蹡七羊切

躖 踐處也从足斷省聲徒管切

趴 趣越皃从足卜聲芳遇切

踰 越也从足俞聲羊朱切

⿰足戉 輕也从足戉聲王伐切

蹻 舉足行高也从足喬聲詩曰小子蹻蹻居勺切

跾 疾也長也从足攸聲式竹切

蹌 動也从足倉聲七羊切

踊 跳也从足甬聲余隴切

躋 登也从足齊聲商書曰予顛躋祖雞切

躍 迅也从足翟聲以灼切

跧 蹴也

曰卑也絭也从足全聲莊緣切
蹴 躡也从足就聲七宿切
躡 蹈也从足聶聲尼輒切
跨 渡也从足夸聲苦化切
蹋 踐也从足㬪聲徒盍切
踄 蹈也从足步聲旁各切又音步
蹈 踐也从足舀聲徒到切
躔 踐也从足廛聲直連切
踐 履也从足戔聲慈衍切
踵 追也从足重聲一曰往來皃之隴切
踔 踶也从足卓聲知教切
蹛 踶也从足帶聲當蓋切
蹩 踶也从足敝聲一曰跛也蒲結切
踶 躗也从足是聲特計切
躗 衞也从足衞聲于歲切
𨇓 𨇓足也从足執聲徒叶切
𧿹 尌也从足氏聲承旨切
蹢 住足也从足適省聲或曰蹢躅賈侍中說足垢也直隻切
躅 蹢躅也从足蜀聲直錄切
踤 觸也从足卒聲一曰駭也一曰蒼踤昨沒切
蹶 僵也从足厥聲一曰跳也亦讀若橜居月切
蹷 蹶或从闕
跳 蹶也从足兆聲一曰躍也徒遼切
𨀬 動也从足辰聲側鄰切
䠧 峙䠧不前也从足屠聲直魚切
𨀤 跳也从足弗聲敷勿切
蹠 楚人謂跳躍曰蹠从足庶聲之石切
𨂜 趿也从足荅聲他合切
䠆 跳也从足䍃聲余招切
趿 進足有所擷取也从足及聲爾雅曰趿謂之擷穌合切
䟺 步行獵跋也从足貝聲博蓋切
躓 跲也从足質聲詩曰載躓其尾陟利切
跲 躓也从足合聲居怯切
跇 述也从足世聲丑例切
蹎 跋也从足真聲都年切
跋 蹎跋也从足犮聲北末切
蹐 小步也从足脊聲詩曰不敢不蹐資昔切
跌 踢也从足失聲一曰越也徒結切
踼 跌踼也从足昜聲一曰搶也徒郎切
蹲 踞也从足尊聲徂尊切
踞 蹲也从足居聲居御切
跨 踞也从足夸聲苦化切
躩 足躩如也从足矍聲丘縛切
踣 僵也从足咅聲春秋傳曰晉人踣之蒲北切
跛 行不正也从足皮聲一曰足排之讀若彼布火切
蹇 跛也从足寒省聲臣鉉等案易王臣蹇蹇今俗作謇非九輦切
蹁 足不正也从足扁聲一曰拖後足馬讀若革或曰偏部田切
𨂍 脛肉也一曰曲脛也从足弇聲讀若逵渠追切
踒 足跌也从足委聲烏過切
跣 足親地也从足先聲穌典切
跔 天寒足跔也从足句聲其俱切
𨀦 瘃足也从足困聲苦本切
距 雞距也从足巨聲其呂切
躧 舞履也从足麗聲所綺切
𩌏 或从革
𨂯 足所履也从足段聲乎加切
䠊 跀也从足非聲讀若匪扶味切
跀 斷足也从足月聲魚厥切
𧿒 跀或从兀
趽 曲脛馬也从足方聲讀若彭同薄庚切
趹 馬行皃从足決省聲古穴切
趼 獸足企也从足幵聲五甸切
路 道也从足从各臣鉉等曰言道路人各有適也洛故切
蹸 轢也从足粦聲良忍切
跂 足多指也从足支聲巨支切

文八十五　重四

躚 蹁躚旋行从足䙴聲穌前切
蹭 蹭蹬失道也从足曾聲七鄧切
蹬 蹭蹬也从足登聲徒亘切
蹉 蹉跎失時也从足差聲臣鉉等案經史通用差池此亦後人所加七何切
跎 蹉跎也从足它聲徒何切
蹙 迫也从足戚聲臣鉉等案李善文選注通

蹴字子六切

踸　踸踔行無常皃从足甚聲丑甚切

文七　新附

疋　足也上象腓腸下从止弟子職曰問疋何止古文以爲詩大疋字亦以爲足字或曰胥字一曰疋記也凡疋之屬皆从疋所菹切

𤕟　門戶疏窻也从疋疋亦聲囱象𤕟形讀若疏所菹切

𤴓　通也从爻从疋疋亦聲所菹切

文三

品　衆庶也从三口凡品之屬皆从品丕飲切

嵒　多言也从品相連春秋傳曰次于嵒北讀與聶同尼輒切

喿　鳥羣鳴也从品在木上穌到切

文三

龠　樂之竹管三孔以和衆聲也从品侖侖理也凡龠之屬皆从龠以灼切

龡　龡音律管壎之樂也从龠炊聲昌垂切

䶵　管樂也从龠虒聲直离切

篪　䶵或从竹

龢　調也从龠禾聲讀與和同戶戈切

龤　樂和龤也从龠皆聲虞書曰八音克龤戶皆切

文五　重一

冊　符命也諸侯進受於王也象其札一長一短中有二編之形凡冊之屬皆从冊楚革切

𥬻　古文冊从竹

嗣　諸侯嗣國也从冊从口司聲徐鍇曰冊必於廟史讀其冊故从口祥吏切

孠　古文嗣从子

扁　署也从戶冊戶冊者署門戶之文也方沔切

文三　重二

說文解字弟二下

說文解字第三上　漢太尉祭酒許愼記

銀青光祿大夫守右散騎常侍上柱國東海縣開國子食邑五百戶臣徐鉉等奉敕校定

五十三部　文六百三十　重百四十五

凡八千六百八十四字

文十六新附

㗊 衆口也从四口凡㗊之屬皆从㗊讀若戢 阻立切 又讀若呶

嚚 語聲也从㗊臣聲語巾切 𡈼 古文嚚 囂 聲也气出頭上从㗊从頁頁首也許嬌切 嚻 囂或省 嘂 高聲也一曰大呼也从㗊丩聲春秋公羊傳曰魯昭公叫然而哭古弔切 嚾 呼也从㗊萈聲讀若讙呼官切 器 皿也象器之口犬所以守之 去冀切

文六　重二

舌 在口所以言也別味也从干从口干亦聲凡舌之屬皆从舌 徐鍇曰凡物入口必干於舌故从干食列切

䑙 歠也从舌沓聲他合切 舓 以舌取食也从舌易聲神旨切 䑛 舓或从也

文三　重一

干 犯也从反入从一凡干之屬皆从干 古寒切

𢆉 撖也从干入一爲干入二爲羊讀若能言稍甚也如審切 屰 不順也从干下屮屰之也魚戟切

文三

谷 口上阿也从口上象其理凡谷之屬皆从谷 其虐切

𧮫 谷或从此 臄 或从肉从豦 㐁 舌皃从谷省象形他念切 𠅃 古文㐁讀若三年導服之導一曰竹上皮讀若沾一曰讀若誓弼字从此

文二　重二

只 語已詞也从口象气下引之形凡只之屬皆从只 諸氏切

䛐 聲也从只甹聲讀若聲呼形切

文二

㕯 言之訥也从口从內凡㕯之屬皆从㕯 女滑切

矞 以錐有所穿也从矛从㕯一曰滿有所出也余律切

商 从外知內也从㕯章省聲式陽切

𠅢 古文商

𠆧 亦古文商

𡦸 籀文商

文三 重三

句 曲也从口丩聲凡句之屬皆从句 古侯切又九遇切

拘 止也从句从手句亦聲舉朱切

笱 曲竹捕魚笱也从竹从句句亦聲古厚切

鉤 曲也从金从句句亦聲古侯切

文四

丩 相糾繚也一曰瓜瓠結丩起象形凡丩之屬皆从丩 居虯切

茻 艸之相丩者从茻从丩丩亦聲居虯切

糾 繩三合也从糸丩居黝切

文三

古 故也从十口識前言者也凡古之屬皆从古 臣鉉等曰十口所傳是前言也公戶切

𡇫 古文古

嘏 大遠也从古叚聲古雅切

文二 重一

十 數之具也一為東西丨為南北則四方中央備矣凡十之屬皆从十 是執切

丈 十尺也从又持十直兩切

千 十百也从十从人此先切

肸 響布也从十从𦙶 臣鉉等曰𦙶振𦙶也義乙切

卙 卙卙盛也从十从甚汝南名蠶盛曰卙子入切

博 大通也从十从尃尃布也補各切

㔹 材十人也从十力聲盧則切

廿 二十幷也古文省人汁切

𠦬 詞之𠦬矣从十咠聲秦入切

文九

卅 三十幷也古文省凡卅之屬皆从卅 蘇沓切

世 三十年為一世从卅而曳長之亦取其聲也舒制切

文二

言 直言曰言論難曰語从口辛聲凡言之屬皆从言 語軒切

譻聲也从言賏聲烏莖切 謦欬也从言殸聲殸籒文磬字去挺切 語論也从言吾聲魚舉切 談語也从言炎聲
徒甘切 謂報也从言胃聲于貴切 諒信也从言京聲力讓切 詵致言也从言从先先亦聲詩曰螽斯羽詵詵兮所臻
切 請謁也从言青聲七井切 謁白也从言曷聲於歇切 許聽也从言午聲虛呂切 諾譍也从言
若聲奴各切 譍以言對也从言雁聲於證切 讎猶譍也从言雔聲市流切 諸辯也从言者聲章魚切 詩
志也从言寺聲書之切 𧥺古文詩省 讖驗也从言韱聲楚蔭切 諷誦也从言風聲芳奉切 誦諷也从言
甬聲似用切 讀誦書也从言賣聲徒谷切 𧥡快也从言从中於力切 訓說教也从言川聲許運切 誨曉教
也从言每聲荒內切 譔專教也从言巽聲此緣切 譬諭也从言辟聲匹至切 謜徐語也从言原聲孟子曰故謜謜而
來魚切 詇早知也从言央聲於亮切 諭告也从言俞聲羊戍切 詖辯論也古文以為頗字从言皮聲彼義切 諄
告曉之孰也从言𦎫聲讀若庉章倫切 謘語諄謘也从言犀聲直离切 詻論訟也傳曰詻詻孔子容从言各聲五陌切 誾
和說而諍也从言門聲語巾切 謀慮難曰謀从言某聲莫浮切 𠱫古文謀 𧥥亦古文 謨議謀也从言莫
聲虞書曰咎繇謨莫胡切 𠻣古文謨从口 訪汎謀曰訪从言方聲敷亮切 諏聚謀也从言取聲子于切 論
議也从言侖聲盧昆切 議語也从言義聲宜寄切 訂平議也从言丁聲他頂切 詳審議也从言羊聲似羊切
諟理也从言是聲承旨切 諦審也从言帝聲都計切 識常也一曰知也从言戠聲賞職切 訊問也从言
卂聲思晉切 𧦝古文訊从鹵 詧言微親詧也从言祭省聲楚八切 謹慎也从言堇聲居隱切 䚮
厚也从言乃聲如乘切 諶誠諦也从言甚聲詩曰天難諶斯是吟切 信誠也从人从言會意息晉切 𠈇古文从言
省 㐰古文信 訦燕代東齊謂信曰訦从言冘聲是吟切 誠信也从言成聲氏征切 誡敕也
从言戒聲古拜切 誋誡也从言忌聲渠記切 諱誋也从言韋聲許貴切 誥告也从言告聲古到切 𡩋
古文誥 詔告也从言从召召亦聲之紹切 誓約束也从言折聲時制切 譣問也从言僉聲周書曰勿以譣人息廉切 詁
訓故言也从言古聲詩曰詁訓公户切 譪臣盡力之美从言葛聲詩曰譪譪王多吉士於害切 誎餔旋促也
从言束聲桑谷切 諝知也从言胥聲私呂切 証諫也从言正聲之盛切 諫証也从言柬聲古晏切 諗

深諫也从言念聲春秋傳曰辛伯諗周桓公式荏切 課 試也从言果聲苦臥切 試 用也从言式聲虞書曰明試以功式吏切
諴 和也从言咸聲周書曰不能諴于小民故毚切 䚻 徒歌从言肉聲余招切 詮 具也从言全聲此緣切 訢 喜也从言
斤聲許斤切 說 說釋也从言兌一曰談說失爇切又弋雪切 計 會也筭也从言从十古詣切 諧 詥也从言皆聲戶皆切
詥 諧也从言合聲候閤切 調 和也从言周聲徒遼切 話 合會善言也从言𠯑聲傳曰告之話言胡快切 譮 籒文
話从會 諈 諈諉纍也从言垂聲竹寘切 諉 纍也从言委聲女恚切 警 戒也从言从敬敬亦聲居影切 謐 靜語
也从言监聲一曰無聲也彌必切 謙 敬也从言兼聲苦兼切 誼 人所宜也从言从宜宜亦聲儀寄切 詡 大言也从言羽聲況
羽切 諓 善言也从言戔聲一曰謔也慈衍切 誐 嘉善也从言我聲詩曰誐以溢我五何切 詷 共也一曰譀也从言同聲周書曰在
夏后之詷徒紅切 設 施陳也从言从殳殳使人也識列切 護 救視也从言蒦聲胡故切 譞 譞慧也从言圜省聲許緣切
誧 大也一曰人相助也从言甫聲讀若逋博孤切 諰 思之意从言从思胥里切 託 寄也从言乇聲他各切 記 疏也从言
己聲居吏切 譽 偁也从言與聲羊茹切 譒 敷也从言番聲商書曰王譒告之補過切 謝 辭去也从言䠶聲辤夜切 謳
齊歌也从言區聲烏侯切 詠 歌也从言永聲爲命切 咏 詠或从口 諍 止也从言爭聲側迸切 評 召也从言
乎聲荒烏切 謼 評謼也从言虖聲荒故切 訖 止也从言气聲居迄切 諺 傳言也从言彥聲魚變切 訝 相迎
也从言牙聲周禮曰諸侯有卿訝發吾駕切 迓 訝或从辵 詣 候至也从言旨聲五計切 講 和解也从言冓聲古項切 謄
迻書也从言朕聲徒登切 訒 頓也从言刃聲論語曰其言也訒而振切 訥 言難也从言从內內骨切 謯 謯娽也从言虘聲側加切
𧩙 待也从言伿聲讀若饕胡禮切 譥 痛呼也从言敫聲古弔切 譊 恚呼也从言堯聲女交切 謍 小聲也从言熒省聲詩
曰謍謍青蠅余傾切 諎 大聲也从言昔聲讀若笮壯革切 唶 諎或从口 諛 諂也从言臾聲羊朱切 讇 諛也
从言閻聲丑琰切 諂 讇或省 諼 詐也从言爰聲況袁切 謷 不肖人也从言敖聲一曰哭不止悲聲謷謷五牢切 訹
誘也从言术聲思律切 詑 沇州謂欺曰詑从言它聲託何切 謾 欺也从言曼聲母官切 譇 譇拏羞窮也从言奢聲陟
加切 [illegible] 慙語也从言作聲鉏駕切 謺 謺讘也从言執聲之涉切 謰 謰謱也从言連聲力延切 謱 謰謱也从言婁聲陟
侯切 詒 相欺詒也一曰遺也从言台聲與之切 謲 相怒使也从言參聲倉南切 誑 欺也从言狂聲居況切 [illegible] 駭也从言

疑聲五介切
⿰言狊 相誤也从言狊聲古罵切
訕 謗也从言山聲所晏切
譏 誹也从言幾聲居衣切
誣 加也从言巫聲武扶切
誹 謗也从言非聲敷尾切
謗 毀也从言㫄聲補浪切
譸 詶也从言壽聲讀若醻周書曰無或譸張爲幻張流切
詶 譸也从言州聲市流切
詛 詶也从言且聲莊助切
⿰言由 詶也从言由聲直又切
誃 離別也从言多聲讀若論語跢予之足周景王作洛陽誃臺尺氏切
誖 亂也从言孛聲蒲沒切
悖 誖或从心
⿰言⿱二或 籀文誖从二或
䜌 亂也一曰治也一曰不絕也从言絲呂員切
（古文）古文䜌
誤 謬也从言吳聲五故切
詿 誤也从言圭聲古賣切
誒 可惡之辭从言矣聲一曰誒然春秋傳曰誒誒出出許其切
譆 痛也从言喜聲火衣切
詯 膽气滿聲在人上从言自聲讀若反目相睞荒內切
謧 讘泄多言也从言离聲呂之切
詍 多言也从言世聲詩曰無然詍詍余制切
訾 不思稱意也从言此聲詩曰翕翕訿訿將此切
⿰言匋 往來言也一曰小兒未能正言也一曰祝也从言匋聲大牢切
⿰言包 ⿰言匋或从包
⿰言冄 ⿰言冄⿰言冄多語也从言冄聲樂浪有⿰言冄邯縣汝閻切
⿰言遝 語相反⿰言遝也从言遝聲他合切
誻 ⿰言遝誻也从言沓聲徒合切
訮 諍語訮訮也从言幵聲呼堅切
讗 言壯皃一曰數相怒也从言巂聲讀若畫呼麥切
訇 騃言聲从言匀省聲漢中西域有訇鄉又讀若玄虎橫切
（籀文）籀文不省
諞 便巧言也从言扁聲周書曰㦰㦰善諞言論語曰友諞佞部田切
䚹 匹也从言頻聲符眞切
⿰言口 扣也如求婦先⿰言口叕之从言从口口亦聲苦后切
⿰言兒 言相說司也从言兒聲女家切
誂 相呼誘也从言兆聲徒了切
譄 加也从言曾聲作滕切
詄 忘也从言失聲徒結切
諅 忌也从言其聲周書曰上不諅于凶德渠記切
譀 誕也从言敢聲下闞切
⿰言忘 俗譀从忘
誇 譀也从言夸聲苦瓜切
誕 詞誕也从言延聲徒旱切
（籀文）籀文誕省正
⿰言萬 譀也从言萬聲莫話切
謔 戲也从言虐聲詩曰善戲謔兮虛約切
詪 很戾也从言皀聲乎懇切
訌 ⿰言貴也从言工聲詩曰蟊賊內訌戶工切
⿰言貴 中止也从言貴聲司馬法曰師多則人⿰言貴⿰言貴止也胡對切
⿰言歲 聲也从言歲聲詩曰有⿰言歲其聲呼會切
⿰言咼 疾言也从言咼聲呼卦切
⿰言雔 譟也从言雔聲杜回切
譟 擾也从言喿聲蘇到切
訆 大呼也从言丩聲春秋傳曰或訆于宋大廟古弔切
諕 號也从言从虎乎刀切
讙 譁也从言雚聲呼官切
譁 讙也从言華聲呼瓜切
謣 妄言也从言雩聲羽俱切
⿰言荂 謣或从荂
譌 譌言也从言爲聲詩曰民之譌言五禾切
⿰言圭 誤也从言佳省聲古賣切
誤 謬也从言吳聲五故切
謬 狂者之妄言也从言翏聲靡幼切
詤 夢言也从言㠩聲呼光切
⿱暴言 大呼自勉也从言暴省聲蒲角切
訬 訬擾也一曰訬獪从言少聲讀

若堯楚交切 **諆** 欺也从言其聲去其切 **譎** 權詐也益梁曰謬欺天下曰譎从言矞聲古穴切 **詐** 欺也从言乍聲

側駕切 **訏** 詭譌也从言于聲一曰訏誊齊楚謂信曰訏況于切 **䜐** 咨也一曰痛惜也从言差聲子邪切 **讋** 失气言一

曰不止也从言龖省聲傅毅讀若慴之涉切 **⿰言龖** 籀文讋不省 **謵** 言謵讋也从言習聲秦入切 **⿰言亞** 相毀也从

言亞聲一曰畏亞宛古切 **⿰言隋** 相毀也从言隨省聲雖遂切 **⿰言闟** 嗑也从言闟聲徒盍切 **詾** 說也从言匈聲許容切 **訩**

或省 **⿰言兇** 詾或从兇 **訟** 爭也从言公聲一曰謌訟似用切 **⿰言谷** 古文訟 **謓** 恚也从言眞聲賈侍中說謓笑一曰讀若

振昌眞切 **讘** 多言也从言聶聲河東有狐讘縣之涉切 **訶** 大言而怒也从言可聲虎何切 **⿰言臣** 訐也从言臣聲讀若指職

雉切 **訐** 面相厈罪相告訐也从言干聲居謁切 **訴** 告也从言厈省聲論語曰訴子路於季孫臣鉉等曰厈非聲蓋古之字音多與

今異如皀亦音香釁亦音門乃亦音仍他皆放此古今失傳不可詳究桑故切 **⿰言朔** 訴或从言朔 **愬** 訴或从朔心 **譖**

愬也从言朁聲莊蔭切 **讒** 譖也从言毚聲士咸切 **譴** 謫問也从言遣聲去戰切 **謫** 罰也从言啻聲陟革切 **諯**

數也一曰相讓也从言耑聲讀若專尺絹切 **讓** 相責讓从言襄聲人漾切 **譙** 嬈譊也从言焦聲讀若嚼才肖切 **誚** 古文

譙从肖周書曰亦未敢誚公 **誎** 數諫也从言朿聲七賜切 **誶** 讓也从言卒聲國語曰誶申胥雖遂切 **詰** 問也从言

吉聲去吉切 **⿰言望** 責望也从言望聲巫放切 **詭** 責也从言危聲過委切 **證** 告也从言登聲諸應切 **詘** 詰詘也一

曰屈襞从言出聲區勿切 **⿰言屈** 詘或从屈 **⿰言夗** 慰也从言夗聲於願切 **詗** 知處告言之从言冋聲朽正切 **讂** 流言也从

言夐聲火縣切 **詆** 苛也一曰訶也从言氐聲都禮切 **誰** 何也从言隹聲示隹切 **諽** 飾也一曰更也从言革聲讀若戒

古覈切 **讕** 怟讕也从言闌聲洛千切 **譋** 讕或从閒 **診** 視也从言㐱聲直刃切又之刃切 **⿰言斯** 悲聲也从言斯省聲

先稽切 **訧** 罪也从言尤聲周書曰報以庶訧羽求切 **誅** 討也从言朱聲陟輸切 **討** 治也从言从寸他皓切

諳 悉也从言音聲烏含切 **讄** 禱也累功德以求福論語云讄曰禱尒于上下神祇从言纍省聲力軌切 **⿰言纍** 或不省

諡 行之迹也从言兮皿闕徐鍇曰兮聲也神至切 **誄** 謚也从言耒聲力軌切 **謑** 恥也从言奚聲胡禮切 **⿰言奊** 謑或

从奊 **詬** 謑詬恥也从言后聲呼寇切 **訽** 詬或从句 **諜** 軍中反閒也从言枼聲徒叶切 **該** 軍中約也从言亥聲

讀若心中滿該古哀切 **譯** 傳譯四夷之言者从言睪聲羊昔切 **訄** 迫也从言九聲讀若求巨鳩切 **謚** 笑皃从言益聲

伊昔切又呼狄切

譶 疾言也从三言讀若沓徒合切

文二百四十五　重三十三

詢 謀也从言旬聲相倫切

讜 直言也从言黨聲多朗切

譜 籍錄也从言普聲史記从並博古切

詎 詎猶豈也从言巨聲其呂切

謏 小也誘也从言叜聲禮記曰足以謏聞先鳥切

謎 隱語也从言迷迷亦聲莫計切

誌 記誌也从言志聲職吏切

訣 訣別也一曰法也从言決省聲古穴切

文八　新附

誩 競言也从二言凡誩之屬皆从誩讀若競渠慶切

譱 吉也从誩从羊此與義美同意常衍切

善 篆文善从言

競 彊語也一曰逐也从誩从二人渠慶切

讟 痛怨也从誩賣聲春秋傳曰民無怨讟徒谷切

文四　重一

音 聲也生於心有節於外謂之音宮商角徵羽聲絲竹金石匏土革木音也从言含一凡音之屬皆从音於今切

響 聲也从音鄉聲許兩切

韽 下徹也从音酓聲恩甘切

韶 虞舜樂也書曰簫韶九成鳳皇來儀从音召聲市招切

章 樂竟爲一章从音从十十數之終也諸良切

竟 樂曲盡爲竟从音从人居慶切

文六

韻 和也从音員聲裴光遠云古與均同未知其審王問切

文一　新附

䇂 辠也从干二二古文上字凡䇂之屬皆从䇂讀若愆張林說去虔切

童 男有辠曰奴奴曰童女曰妾从䇂重省聲徒紅切

童 籀文童中與竊中同从廿廿以爲古文疾字

妾 有辠女子給事之得接於君者从䇂从女春秋云女爲人妾妾不娉也七接切

文三　重一

丵 叢生艸也象丵嶽相並出也凡丵之屬皆从丵讀若浞士角切

業 大版也所以飾縣鐘鼓捷業如鋸齒以白畫之象其鉏鋙相承也从丵从巾巾象版詩曰巨業維樅魚怯切 □ 古文業
叢 聚也从丵取聲徂紅切 對 譍無方也从丵从口从寸都隊切 □ 對或从士漢文帝以爲責對而爲言多非誠對故去其口以从士也
文四 重二

菐 瀆菐也从丵从廾廾亦聲凡菐之屬皆从菐 臣鉉等曰瀆讀爲煩瀆之瀆一本注云丵衆多也兩手奉之是煩瀆也蒲沃切
僕 給事者从人从菐菐亦聲蒲沃切 □ 古文从臣 □ 賦事也从菐从八八分之也八亦聲讀若頒一曰讀若非布還切
文三 重一

廾 竦手也从𠂇从又凡廾之屬皆从廾 居竦切今變隸作廾
□ 楊雄說廾从兩手 奉 承也从手从廾丰聲扶隴切 丞 翊也从廾从卩从山山高奉承之義署陵切 奐 取奐也一曰大也从廾夐省臣鉉等曰夐營求也取之義也呼貫切 弇 蓋也从廾从合古南切又一儉切 □ 古文弇 □ 引給也从廾睪聲羊益切 □ 舉也从廾由聲春秋傳曰晉人或以廣墜楚人卑之黃顥說廣車陷楚人爲舉之杜林以爲騏麟字渠記切 异 舉也从廾㠯聲虞書曰岳曰异哉羊吏切 弄 玩也从廾持玉盧貢切 □ 兩手盛也从廾𠔏聲余六切 □ 摶飯也从廾釆聲釆古文辦字讀若書卷居券切 □ 持弩拊从廾肉讀若逵臣鉉等曰从肉未詳渠追切 戒 警也从廾持戈以戒不虞居拜切 兵 械也从廾持斤幷力之皃補明切 □ 古文兵从人廾干 □ 籒文 龔 愨也从廾龍聲紀庸切 弈 圍棊也从廾亦聲論語曰不有博弈者乎羊益切 具 共置也从廾从貝省古以貝爲貨其遇切
文十七 重四

𠬜 引也从反廾凡𠬜之屬皆从𠬜 普班切今變隸作大
□ 𠬜或从手从樊 樊 鷙不行也从𠬜从棥棥亦聲附袁切 □ 樊也从𠬜䜌聲呂負切
文三 重一

共 同也从廿廾凡共之屬皆从共 渠用切
□ 古文共 龔 給也从共龍聲俱容切
文二 重一

異 分也从廾从畀畀予也凡異之屬皆从異 徐鍇曰將欲與物先分異之也禮曰賜君子小人不同日羊吏切

戴 分物得增益曰戴从異𢦏聲都代切 戴 籀文戴

文二 重一

舁 共舉也从臼从廾凡舁之屬皆从舁讀若余 以諸切

䙴 升高也从舁囟聲七然切 𨙨 䙴或从卩 䙴 古文䙴

與 黨與也从舁从与余呂切 与 古文與

興 起也从舁从同同力也虛陵切

文四 重三

臼 叉手也从E彐凡臼之屬皆从臼 居玉切

要 身中也象人要自臼之形从臼交省聲於消切又於笑切 要 古文要

文二 重一

晨 早昧爽也从臼从辰辰時也辰亦聲丮夕爲夙臼辰爲晨皆同意凡晨之屬皆从晨 食鄰切

農 耕也从晨囟聲徐鍇曰當从凶乃得聲奴冬切 𨐍 籀文農从林 𦦶 古文農 䢉 亦古文農

文二 重三

爨 齊謂之炊爨臼象持甑冂爲竈口廾推林内火凡爨之屬皆从爨 七亂切

𤑔 籀文爨省

䰞 所以枝鬲者从爨省鬲省渠容切

釁 血祭也象祭竈也从爨省从酉酉所以祭也从分分亦聲臣鉉等曰分布也虛振切

文三 重一

說文解字弟三上

說文解字第三 下

漢太尉祭酒許愼記

銀青光祿大夫守右散騎常侍上柱國東海縣開國子食邑五百户臣徐鉉等奉

敕校定

革 獸皮治去其毛革更之象古文革之形凡革之屬皆从革 古覈切

䩐 古文革从三十三十年爲一世而道更也臼聲

鞹 去毛皮也論語曰虎豹之鞹从革郭聲苦郭切

靬 靬乾革也武威有麗靬縣从革干聲苦旰切

𩊚 生革可以爲縷束也从革各聲盧各切

鞄 柔革工也从革包聲讀若朴周禮曰柔皮之工鮑氏鞄即鮑也蒲角切

韗 攻皮治鼓工也从革軍聲讀若運王問切

鞾 韗或从韋

䩪 韗或从韋

鞣 耎也从革从柔柔亦聲耳由切

靼 柔革也从革从旦聲旨熱切

䩞 古文靼从亶

鞼 韋繡也从革貴聲求位切

鞶 大帶也易曰或錫之鞶帶男子帶鞶婦人帶絲从革般聲薄官切

鞏 以韋束也易曰鞏用黃牛之革从革巩聲居竦切

鞔 履空也从革免聲徐鍇曰履空猶言履殼也母官切

靸 小兒履也从革及聲讀若沓穌合切

䩕 鞮角鞮屬从革卬聲五岡切

鞮 革履也从革是聲都兮切

𩋡 鞮𩋡沙也从革从夾夾亦聲古洽切

𩌏 鞮屬从革徙聲所綺切

鞵 革生鞮也从革奚聲戶佳切

靪 補履下也从革丁聲當經切

鞠 蹋鞠也从革匊聲居六切

𩍐 鞠或从簕

鞀 鞀遼也从革召聲徒刀切

鞉 鞀或从兆

鼗 鞀或从鼓从兆

𩏼 籀文鞀从殸召

𩍂 量物之𩍂一曰抒井𩍂古以革从革冤聲於袁切

𩊱 𩍂或从宛

鞞 刀室也从革卑聲幷頂切

鞎 車革前曰鞎从革艮聲戶恩切

鞃 車軾也从革宏聲詩曰鞹鞃淺幭讀若穹丘宏切

鞪 車軸束也从革敄聲莫卜切

𩊯 車束也从革必聲毗必切

䪈 車衡三束也曲轅鞼縛直轅䡝縛从革爨聲讀若論語鑽燧之鑽借官切

𩏋 䪈或从革贊

䩭 蓋杠絲也从革旨聲徐鍇曰絲其繫系也脂利切

鞁 車駕具也从革皮聲平祕切

鞥 轡鞥从革弇聲讀若譍一曰龍頭繞者烏合切

靶 轡革也从革巴聲必駕切

䪅 著掖鞥也从革顯聲呼典切

靳 當膺也从革斤聲居近切

䩿 驂具也从革蚩聲讀若騁蜃丑郢切

靷 引軸也从革引聲余忍切

𩌰 籀文靷

輨 車鞁具也从革官聲古滿切

䩲 車鞁具也从革豆聲田候切

䩒 鞙内環靼也从革于聲羽俱切

𩋟 車下索也从革尃聲補各切

鞼

車具也从革奄聲烏合切
䪖 車具也从革叕聲陟劣切
鞌 馬鞁具也从革从安烏寒切
䩸 鞌毳飾也从革茸聲而隴切
鞊 鞌飾从革占聲他叶切
鞈 防汗也从革合聲古洽切
勒 馬頭絡銜也从革力聲盧則切
鞙 大車縛軛靼从革肙聲狂沇切
䩘 勒靼也从革面聲弥沇切
靲 鞮也从革今聲巨今切
鞬 所以戢弓矢从革建聲居言切
韇 弓矢韇也从革賣聲徒谷切
𩏫 綏也从革巂聲山垂切
𩋙 急也从革亟聲紀力切
鞭 驅也从革便聲卑連切
𠆯 古文鞭
鞅 頸靼也从革央聲於兩切
韄 佩刀絲也从革蒦聲乙白切
鞑 馬尾鞑也从革它聲今之般緧徒何切
䩄 繫牛脛也从革見聲己彳切

文五十九　重十一

鞘 刀室也从革肖聲私妙切
韀 馬鞁具也从革薦聲則前切
鞾 鞮屬从革華聲許騘切
靮 馬羈也从革勺聲都歷切

文四　新附

鬲 鼎屬實五觳斗二升曰觳象腹交文三足凡鬲之屬皆从鬲 郎激切
𩰲 鬲或从瓦
𤮼 漢令鬲从瓦厤聲
䰙 三足鍑也一曰滫米器也从鬲支聲魚綺切
鬹 三足釜也有柄喙讀若嫣从鬲規聲居隨切
鬷 釜屬从鬲㚇聲子紅切
𩰫 秦名土釜曰𩰫从鬲午聲讀若過古禾切
鬵 大釜也一曰鼎大上小下若甑曰鬵从鬲兓聲讀若岑才林切
𩱅 籀文鬵
𩰿 鬵屬从鬲曾聲子孕切
鬴 鍑屬从鬲甫聲扶雨切
釜 鬴或从父金聲
鬳 鬲屬从鬲虍聲牛建切
融 炊气上出也从鬲蟲省聲以戎切
𩰫 籀文融不省
𩱦 炊气皃从鬲嚻聲許嬌切
鬺 煮也从鬲羊聲式羊切
𩰼 涫也从鬲沸聲芳未切

文十三　重五

䰜 歷也古文亦鬲字象孰飪五味气上出也凡䰜之屬皆从䰜 郎激切
𩱜 鬻也从䰜侃聲諸延切
䭣 鬻或从食衍聲
飦 或从干聲
餰 或从建聲
鬻 鍵也从䰜米聲武悲切臣鉉等曰今俗鬻作粥音之六切
𩱣 鍵也从䰜古聲戶吳切
𩱱 五味盉羹也从䰜从羔詩曰亦有和羹古行切
羹

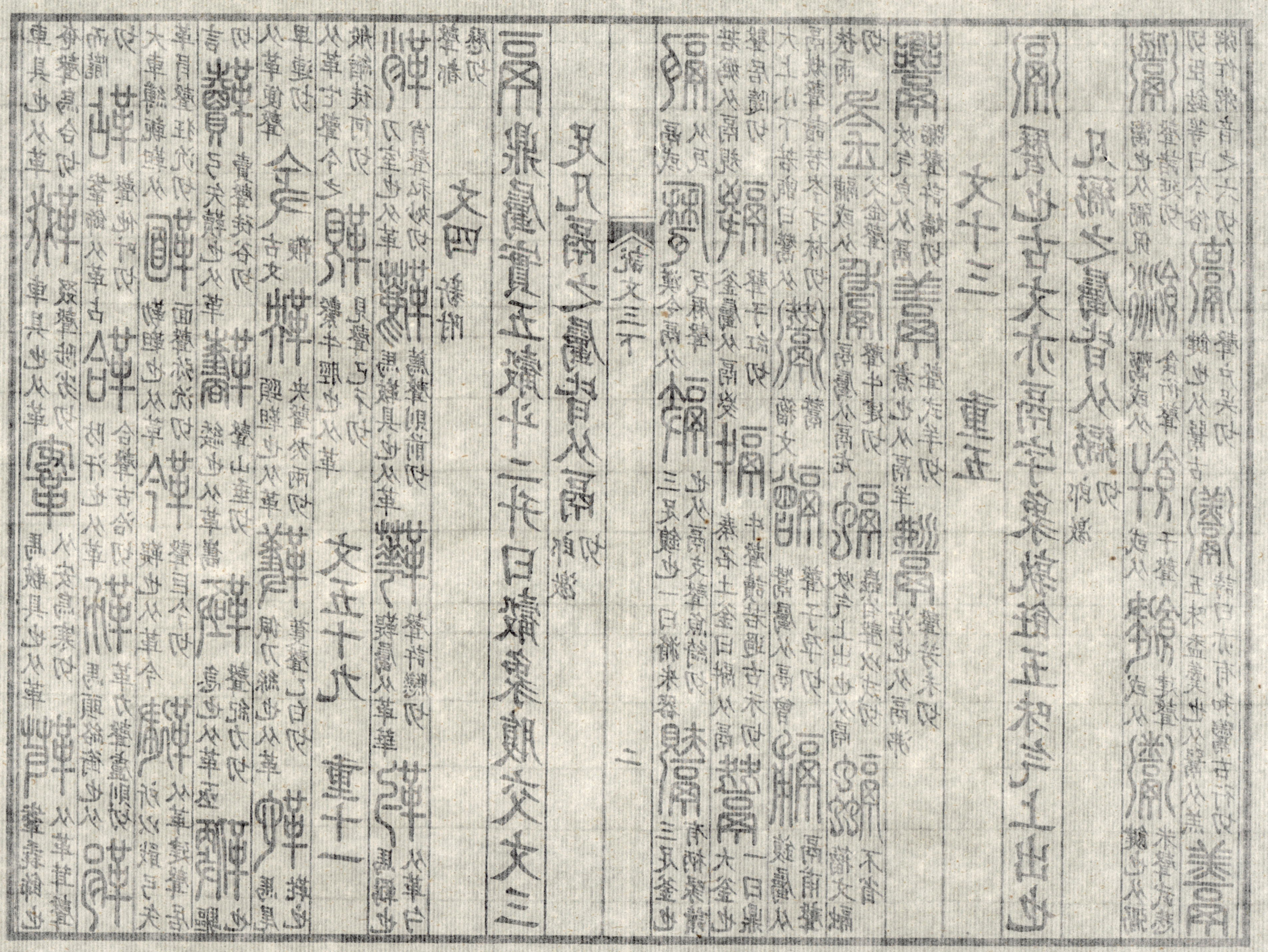

鬻或省　或从美鬻省　小篆从羔从美　鼎實惟葦及蒲陳留謂健爲鬻从鬻速聲桑谷切　鬻或从食束聲　鬻也从鬻毓聲余六切　鬻或省从米　涼州謂鬻爲鬻从鬻糕聲莫結切　鬻或省从末　粉餅也从鬻耳聲仍吏切　鬻或从食耳聲　熬也从鬻芻聲臣鉉等曰今俗作炒別作𤊻非是尺沼切　内肉及菜湯中薄出之从鬻翟聲以勺切　孚也从鬻者聲章與切　鬻或从火　鬻或从水在其中　吹聲沸也从鬻孛聲蒲沒切

文十三　重十二

丮也覆手曰爪象形凡爪之屬皆从爪側狡切

卵孚也从爪从子一曰信也徐鍇曰鳥之孚卵皆如其期不失信也鳥裒恒以爪反覆其卵也芳無切　古文孚从禾禾古文保　母猴也其爲禽好爪爪母猴象也下腹爲母猴形王育曰爪象形也薳支切　古文爲象兩母猴相對形　亦丮也从反爪闕諸兩切

文四　重二

持也象手有所丮據也凡丮之屬皆从丮讀若戟几劇切

種也从坴丮持亟種之書曰我埶黍稷徐鍇曰坴土也育祭切　食飪也从丮𦎫聲易曰孰飪殊六切　設飪也从丮从食才聲讀若載作代切　裒也从丮工聲居悚切　巩或加手　相踦之也从丮谷聲其虐切　擊踝也从丮从戈讀若踝胡瓦切　拖持也从反丮闕居玉切

文八　重一

兩士相對兵杖在後象鬥之形凡鬥之屬皆从鬥都豆切

遇也从鬥斲聲都豆切　鬭也从鬥共聲孟子曰鄒與魯鬨下降切　經繆殺也从鬥翏聲力求切　鬭取也从鬥龜聲讀若三合繩糾古侯切　智少力劣也从鬥爾聲奴礼切　鬭連結鬭紛相牽也从鬥燹聲臣鉉等案燹今先典切从豩聲豩呼還切蓋燹亦有豩音故得爲聲一本从燹說文無燹字撫文切　恒訟也詩云兄弟鬩于牆从鬥从兒兒善訟者也許激切　鬭也从鬥賓省聲讀若賓匹賓切　試力士錘也从鬥从戈或从戰省讀若縣胡畎切

文十

不靜也从市鬥奴教切

文一 新附

手也象形三指者手之列多略不過三也凡又之屬皆从又 于救切

手口相助也从又从口臣鉉等曰今俗別作佑于救切

臂上也从又从古文乙古薨切

古文厷象形

厷或从肉

手指相錯也从又象叉之形初牙切

手足甲也从又象叉形側狡切

矩也家長率教者从又舉杖扶雨切

老也从又从灾闕穌后切

籒文从寸

叜或从人

和也从言从又炎籒文燮从羊羊音飪讀若溼臣鉉等案燮字義大孰也从炎从又即孰物可持也此燮蓋从燮省言語以和之也二字義相出入故也穌叶切

引也从又冒聲無販切

神也从又昌聲昌古文申失人切

分決也从又𠀐象決形徐鍇曰コ物也丨所以決之古賣切

治也从又ノ握事者也余準切

古文尹

又卑也从又虘聲側加切

引也从又𠩺聲里之切

拭也从又持巾在尸下所劣切

逮也从又从人徐鍇曰及前人也巨立切

古文及秦刻石及如此

亦古文及

亦古文及

禾束也从又持秉兵永切

覆也从又厂反形府遠切

古文

治也从又从卩卩事之節也房六切

滑也詩云叏兮達兮从又中一曰取也土刀切

楚人謂卜問吉凶曰𠭙从又持祟祟亦聲讀若贅之芮切

拾也从又尗聲汝南名收芌爲叔式竹切

叔或从寸

入水有所取也从又在回下回古文回回淵水也讀若沫莫勃切

捕取也从又从耳周禮獲者取左耳司馬法曰載獻聝聝者耳也七庾切

掃竹也从又持甡祥歲切

彗或从竹

古文彗从竹从習

借也闕古雅切

古文叚

譚長說叚如此

同志爲友从二又相交友也云久切

古文友

亦古文友

法制也从又庶省聲徒故切

文二十八 重十六

手也象形凡𠂇之屬皆从𠂇 臧可切

賤也執事也从𠂇甲徐鍇曰右重而左卑故在甲下補移切

文二

記事者也从又持中中正也凡史之屬皆从史 疏士切

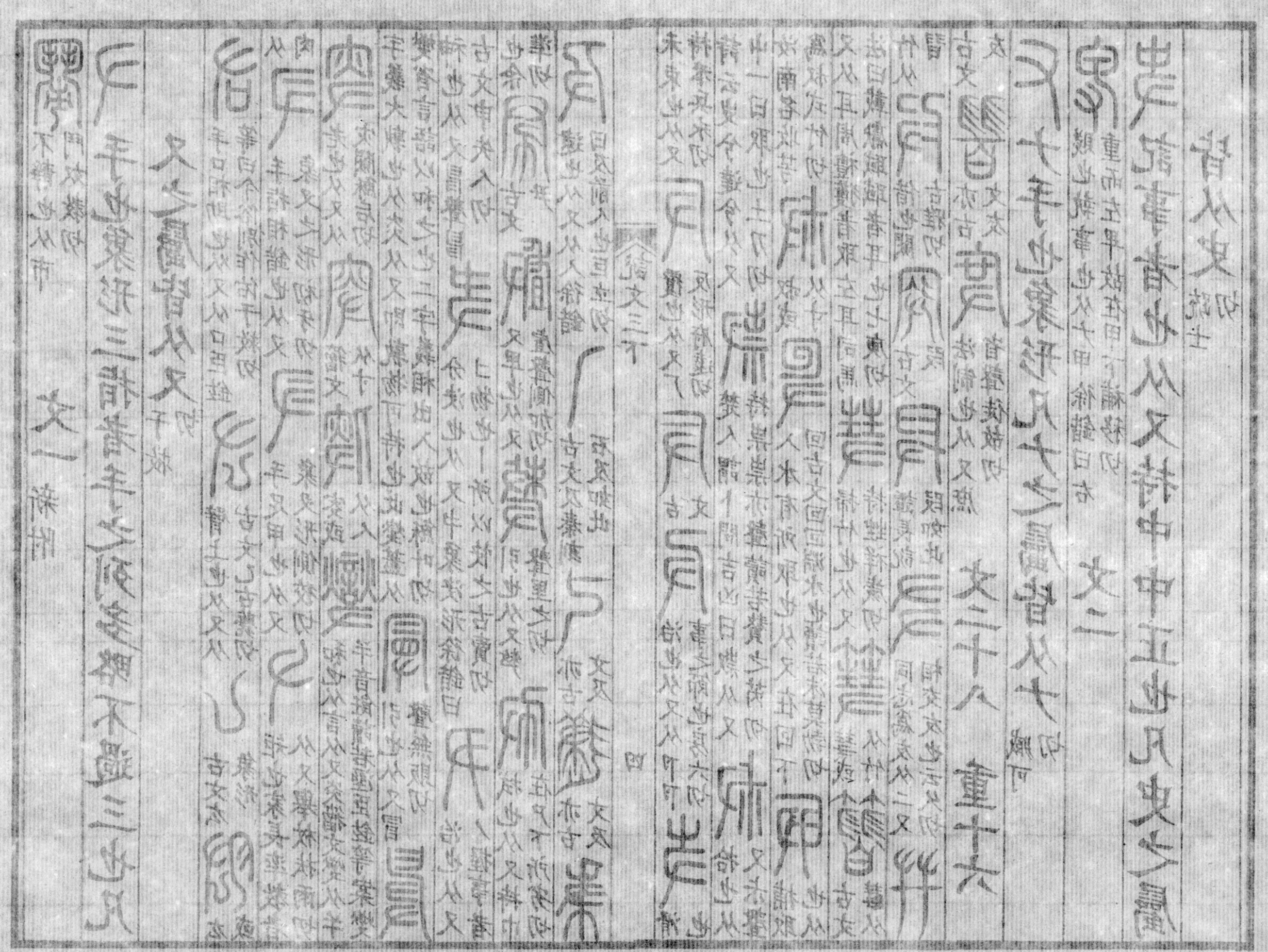

事 職也从史之省聲鉏史切 𠭌 古文事

文二　重一

支 去竹之枝也从手持半竹凡支之屬皆从支 章移切

𠆤 古文支

攲 持去也从支奇聲去奇切

文二　重一

聿 手之疌巧也从又持巾凡聿之屬皆从聿 尼輒切

肄 習也从聿希聲羊至切 𦘦 籀文肄 肆 篆文肄

肅 持事振敬也从聿在𣶒上戰戰兢兢也息逐切 𦘩 古文肅从心从卪

文三　重三

聿 所以書也楚謂之聿吳謂之不律燕謂之弗从聿一聲凡聿之屬皆从聿 余律切

筆 秦謂之筆从聿从竹徐鍇曰筆尚便疌故从聿鄙密切

𦘔 聿飾也从聿从彡俗語以書好爲𦘔讀若津將鄰切

書 箸也从聿者聲商魚切

文四

畫 界也象田四界聿所以畫之凡畫之屬皆从畫 胡麥切

𤱪 古文畫省 劃 亦古文畫

晝 日之出入與夜爲界从畫省从日陟救切 𦘠 籀文晝

文二　重三

隶 及也从又从尾省又持尾者从後及之也凡隶之屬皆从隶 徒耐切

𨽻 及也从隶枲聲詩曰𨽻天之未陰雨臣鉉等曰枲非聲未詳徒耐切

隸 附箸也从隶柰聲郎計切 𨽾 篆文隸从古文之體臣鉉等未詳古文所出

文三　重一

臤 堅也从又臣聲凡臤之屬皆从臤讀若鏗鏘

之鏗古文以爲賢字苦閑切

緊 纏絲急也从臤从絲省糾忍切 堅 剛也从臤从土古賢切 豎 豎立也从臤豆聲臣庾切 ⿱⿰臤殳豆 籒文豎从殳

文四 重一

臣 牽也事君也象屈服之形凡臣之屬皆从臣 植鄰切

臦 乖也从二臣相違讀若誑居況切 臧 善也从臣戕聲則郎切 𢨋 籒文

文三 重一

殳 以杸殊人也禮殳以積竹八觚長丈二尺建於兵車旅賁以先驅从又几聲凡殳之屬皆从殳 市朱切

祋 殳也从殳示聲或說城郭市里高縣羊皮有不當入而欲入者暫下以驚牛馬曰祋故从示殳詩曰何戈與祋丁外切

杸 軍中士所持殳也从木从殳司馬法曰執羽从杸市朱切

毄 相擊中也如車相擊故从殳从軎古歷切

㱿 从上擊下也一曰素也从殳青聲苦角切青苦江切

⿰冘殳 下擊上也从殳冘聲知朕切

⿰豆殳 繇擊也从殳豆聲古文祋如此度侯切

⿰𠷎殳 縣物殹擊从殳𠷎聲市流切

⿰豕殳 椎毄物也从殳豕聲冬毒切

毆 捶毄物也从殳區聲烏后切

毃 擊頭也从殳高聲口卓切

殿 擊聲也从殳屍聲堂練切

殹 擊中聲也从殳医聲於計切

段 椎物也从殳耑省聲徒玩切

⿰宮殳 擊空聲也从殳宮聲徒冬切又火宮切

殽 相雜錯也从殳肴聲胡茅切

毅 妄怒也一曰有決也从殳豙聲魚既切

⿰皀殳 揉屈也从殳从皀皀古文叀字廄字从此臣鉉等曰叀小謹也亦屈服之意居又切

役 戍邊也从殳从彳臣鉉等曰彳步也彳亦聲營隻切

伇 古文役从人

⿰亥殳 ⿰亥殳改大剛卯也以逐精鬼从殳亥聲古哀切

文二十 重一

殺 戮也从殳杀聲凡殺之屬皆从殺 臣鉉等曰說文無杀字相傳云音察未知所出所八切

古文殺　古文殺　古文殺

弒 臣殺君也易曰臣弒其君从殺省式聲式吏切

文二　重四

几 鳥之短羽飛几几也象形凡几之屬皆从几讀若殊市朱切

㐬 新生羽而飛也从几从彡之忍切

鳧 舒鳧鶩也从鳥几聲房無切

文三

寸 十分也人手卻一寸動䘐謂之寸口从又从一凡寸之屬皆从寸倉困切

寺 廷也有法度者也从寸之聲祥吏切

將 帥也从寸𤖨省聲即諒切

尋 繹理也从工从口从又从寸工口亂也又寸分理之彡聲此與㲄同意度人之兩臂爲尋八尺也徐林切

專 六寸簿也从寸叀聲一曰專紡專職緣切

尃 布也从寸甫聲芳無切

導 導引也从寸道聲徒皓切

文七

皮 剥取獸革者謂之皮从又爲省聲凡皮之屬皆从皮符羈切

古文皮　籀文皮

皰 面生气也从皮包聲旁教切

皯 面黑气也从皮干聲古旱切

文三　重二

皸 足坼也从皮軍聲矩云切

皴 皮細起也从皮夋聲七倫切

文二　新附

㼱 柔韋也从北从皮省从夐省凡㼱之屬皆从㼱讀若耎一曰若儁臣鉉等曰北者反覆柔治之也夐營也而兖切

古文㼱　籀文㼱从夐省

䰩 羽獵韋絝从㼱灷聲而隴切

或从衣从朕虞書曰鳥獸䙳毛

文三　重二

攴 小擊也从又卜聲凡攴之屬皆从攴普木切

啟 教也从攴启聲論語曰不憤不啓康礼切

徹 通也从彳从攴从育丑列切

𢖍 古文徹

肇 擊也从攴肇省聲治小切

敏 疾也从攴每聲眉殞切

敃 彊也从攴民聲眉殞切

敄 彊也从攴矛聲亡遇切

敀 迮也从攴白聲周書曰常敀常任博陌切

整 齊也从攴从束从正正亦聲之郢切

效 象也从攴交聲胡教切

故 使爲之也从攴古聲古慕切

政 正也从攴从正正亦聲之盛切

⿰也攴 敷也从攴也聲讀與施同式支切

敷 ⿰也攴也从攴尃聲周書曰用敷遺後人芳无切

敟 主也从攴典聲多殄切

⿰麗攴 數也从攴麗聲力米切

數 計也从攴婁聲所矩切

⿰湅攴 辟漱鐵也从攴从湅郎電切

孜 汲汲也从攴子聲周書曰孜孜無怠子之切

攽 分也从攴分聲周書曰乃惟孺子攽亦讀与彬同布還切

⿰旱攴 止也从攴旱聲周書曰⿰旱攴我于艱侯旰切

敳 有所治也从攴豈聲讀若豤五來切

敞 平治高土可以遠望也从攴尚聲昌兩切

敒 理也从攴伸聲直刃切

改 更也从攴己李陽冰曰已有過攴之即改古亥切

變 更也从攴䜌聲祕戀切

更 改也从攴丙聲古孟切又古行切

敕 誡也臿地曰敕从攴束聲恥力切

⿰耳攴 使也从攴耳省聲而涉切

斂 收也从攴僉聲良冉切

敹 擇也从攴㯻聲周書曰敹乃甲冑洛蕭切

敿 繫連也从攴喬聲周書曰敿乃干讀若矯居夭切

敆 合會也从攴从支合亦聲古沓切

敶 列也从攴陳聲直刃切

敵 仇也从攴啻聲徒歷切

救 止也从攴求聲居又切

敓 彊取也周書曰敓攘矯虔从攴兌聲徒活切

斁 解也从攴睪聲詩云服之無斁斁猒也一曰終也羊益切

赦 置也从攴赤聲始夜切

𢼛 赦或从亦

攸 行水也从攴从人水省徐鍇曰攴入水所杖也以周切

汥 秦刻石嶧山文攸字如此

⿰亡攴 撫也从攴亡聲讀與撫同芳武切

敉 撫也从攴米聲周書曰亦未克敉公功讀若弭緜婢切

侎 敉或从人

敡 侮也从攴从易易亦聲以豉切

⿰韋攴 戾也从攴韋聲羽非切

敦 怒也詆也一曰誰何也从攴𦎫聲都昆切又丁回切

⿰羣攴 朋侵也从攴从羣羣亦聲渠云切

敗 毁也从攴貝敗賊皆从貝會意薄邁切

⿰賏攴 籀文敗从賏

⿰𤔔攴 煩也从攴从𤔔𤔔亦聲郎段切

寇 暴也从攴从完徐鍇曰當其完聚而欲寇之苦候切

⿰蚩攴 刺也从攴蚩聲豬几切

⿰度攴 閉也从攴度聲讀若杜徒古切

剫 ⿰度攴或从刀

敜 塞也从攴念聲周書曰敜乃穽奴叶切

⿰畢攴 ⿰畢攴盡也从攴畢聲卑吉切

收 捕也从攴丩聲式州切

鼓 擊鼓也从攴从壴壴亦聲公戶切

攷 敂也从攴丂聲苦浩切

敂 擊也从攴句聲讀若扣苦候切

攻 擊也从攴聲古洪切

敲 横擿也从攴高聲口交切

豛 擊也从攴豕聲竹角切

𢼄 放也从攴㞷聲迂往切

𢻰 坼也从攴从厂厂之性坼果孰有味亦坼故謂之𢻰从未聲徐鍇曰厂厓也許其切

斀 去陰之刑也从攴蜀聲周書曰刖劓斀黥竹角切

敯 貪也从攴昏聲周書曰敯不畏死眉殞切

敔 禁也一曰樂器椌楬也形如木虎从攴吾聲魚舉切

敤 研治也从攴果聲舜女弟名敤首苦果切

鈙 持也从攴金聲讀若琴巨今切

𢾭 棄也从攴𠷎聲周書以爲討詩云無我𢾭兮市流切

畋 平田也从攴田周書曰畋尒田待年切

攺 毅攺大剛卯以逐鬼鬽也从攴巳聲讀若巳古亥切

敘 次弟也从攴余聲徐呂切

𢽏 毀也从攴卑聲辟米切

𢾈 戮也从攴兒聲五計切

牧 養牛人也从攴从牛詩曰牧人乃夢莫卜切

敇 擊馬也从攴朿聲楚革切

𢿙 小舂也从攴算聲初絭切

𢿵 䌛田也从攴堯聲牽遙切

文七十七　重六

教 上所施下所效也从攴从孝凡教之屬皆从教古孝切

𤕝 古文教

𡥈 亦古文教

斆 覺悟也从教从冂冂尚矇也臼聲胡覺切

學 篆文斆省

文二　重二

卜 灼剥龜也象炙龜之形一曰象龜兆之從横也凡卜之屬皆从卜博木切

𠁽 古文卜

卦 筮也从卜圭聲臣鉉等曰圭字聲不相近當从挂省聲古壞切

卟 卜以問疑也从口卜讀與稽同書云卟疑古兮切

貞 卜問也从卜貝以爲贄一曰鼎省聲京房所説陟盈切

𠧩 易卦之上體也商書曰貞曰𠧩从卜每聲荒内切

占 視兆問也从卜从口職廉切

𠨑 卜問也从卜召聲市沼切

𠧞 灼龜坼也从卜兆象形治少切

兆 古文兆省

文八　重二

用 可施行也从卜从中衞宏説凡用之屬皆从用臣鉉等曰卜中乃可用也余訟切

用 古文用

甫 男子美稱也从用父父亦聲方矩切

庸 用也从用从庚庚更事也易曰先庚三日余封切

葡 具也从用苟省臣鉉等曰苟急敕也會意平祕切

甯 所願也从用寧省聲乃定切

文五　重二

爻 交也象易六爻頭交也凡爻之屬皆从爻胡茅切

棥 藩也从爻从林詩曰營營青蠅止于棥附袁切

文二

㸚 二爻也凡㸚之屬皆从㸚力几切

爾 麗爾猶靡麗也从冂从㸚其孔㸚介聲此與爽同意兒氏切

爽 明也从㸚从大徐鍇曰大其中隙縫光也疏兩切

𡙁 篆文爽

文三　重一

說文解字第三下

說文解字弟四上　漢太尉祭酒許愼記

銀青光祿大夫守右散騎常侍上柱國東海縣開國子食邑五百戶臣徐鉉等奉

敕校定

四十五部　文七百四十八　重百一十二

凡七千六百三十八字

文二十四新附

𥄎 舉目使人也从攴从目凡𥄎之屬皆从𥄎讀若颰 火劣切

夐 營求也从𥄎从人在穴上商書曰高宗夢得說使百工夐求得之傅巖巖穴也徐鍇曰人與目隔穴經營而見之然後指使以求之攴所指畫也朽正切

闅 低目視也从𥄎門聲弘農湖縣有闅鄉汝南西平有闅亭無分切

𡕥 大視也从大𥄎讀若齤況晚切

文四

目 人眼象形重童子也凡目之屬皆从目 莫六切

𥃩 古文目

眼 目也从目皀聲五限切

⿰目瞏 兒初生瞥者从目瞏聲邦免切

眩 目無常主也从目玄聲黃絢切

眥 目匡也从目此聲在詣切

䀹 目旁毛也从目夾聲子葉切

⿰目縣 盧童子也从目縣聲胡畎切

⿰目喜 目童子精也从目喜聲讀若禧許其切

矈 目旁薄緻宀宀也从目臱聲武延切

⿱非目 大目也从目非聲芳微切

⿱臤目 大目也从目臤聲侯簡切

睅 大目也从目旱聲户版切

睆 睅或从完

⿰目爰 大目也从目爰聲況晚切

瞞 平目也从目㒼聲母官切

睴 大目出也从目軍聲古鈍切

矕 目矕矕也从目䜌聲武版切

睔 目大也从目侖春秋傳有鄭伯睔古本切

盼 詩曰美目盼兮从目分聲匹莧切

盰 目多白也一曰張目也从目干聲古旱切

眅 多白眼也从目反聲春秋傳曰鄭游眅字子明普班切

睍 出目也从目見聲胡典切

矔 目多精也从目雚聲益州謂瞋目曰矔古玩切

瞵 目精也从目粦聲力珍切

窅 深目也从穴中目烏皎切

眊 目少精也从目毛聲虞書耄字从此亡報切

矘 目無精直視也从目黨聲他朗切

睒 暫視皃从目炎聲讀若白蓋謂之苫相似失冉切

眮 吳楚謂瞋目顧視曰眮从目同聲徒弄切

⿰目必 直視也从目必聲讀若詩云泌彼泉水兵媚切

瞴 瞴婁微視也从目無聲莫浮切

⿰目幵 蔽人視也从目幵聲

讀若攜手一曰直視也又苦兮切
⿱干目 盰目或在下
睌 晚賢目視皃从目免聲武限切
眂 眂皃从目氏聲承旨切
睨 衺視也从目兒聲研計切
䁅 低目視也从目冒聲周書曰武王惟䁅亡保切
⿰目戉 視高皃从目戉聲讀若詩曰施罛濊濊呼哲切
眈 視近而志遠从目冘聲易曰虎視眈眈丁含切
⿰目延 相顧視而行也从目从延延亦聲于線切
盱 張目也从目于聲一曰朝鮮謂盧童子曰盱況于切
睘 目驚視也从目袁聲詩曰獨行睘睘渠營切
䁴 視而止也从目亶聲旨善切
⿰目勿 目冥遠視也从目勿聲一曰久也一曰旦明也莫佩切
眕 目有所恨而止也从目㐱聲之忍切
瞟 瞭也从目票聲敷沼切
䁟 察也从目祭聲戚細切
睹 見也从目者聲當古切
覩 古文从見
眔 目相及也从目从隶省徒合切
睽 目不相聽也从目癸聲苦圭切
眜 目不明也从目末聲莫撥切
⿱般目 轉目視也从目般聲薄官切
⿰目辡 小兒白眼也从目辡聲蒲莧切
眽 目財視也从目𠂢聲莫獲切
⿰目脩 失意視也从目脩聲他歷切
⿰目𦎫 謹鈍目也从目𦎫聲之閏切
瞤 目動也从目閏聲如勻切
矉 恨張目也从目賓聲詩曰國步斯矉符真切
眢 目無明也从目夗聲一九切
睢 仰目也从目隹聲許惟切
旬 目搖也从目勻省聲黃絢切
眴 旬或从旬
矆 大視也从目蒦聲許縛切
睦 目順也从目坴聲一曰敬和也莫卜切
⿱夫囟 古文睦
瞻 臨視也从目詹聲職廉切
瞀 氐目謹視也从目敄聲莫候切
⿰目買 小視也从目買聲莫佳切
⿰目監 視也从目監聲古銜切

⿰启目 省視也从目啓省聲苦系切
相 省視也从目从木易曰地可觀者莫可觀於木詩曰相鼠有皮息良切
瞋 張目也从目眞聲昌眞切
⿰目戌 秘書瞋从戌
瞗 目孰視也从目鳥聲讀若雕都僚切
睗 目疾視也从目易聲施隻切
睊 視皃从目肙聲於絢切
⿰目窅 目深皃从目窅讀若易曰勿卹之卹於悅切
睼 迎視也从目是聲讀若珥瑱之瑱他計切
䁙 目相戲也从目晏聲詩曰䁙婉之求於殄切
⿰目叏 短深目皃从目叏聲烏括切
眷 顧也从目𠔉聲詩曰乃眷西顧居倦切
督 察也一曰目痛也从目叔聲冬毒切
睎 望也从目稀省聲海岱之間謂眄曰睎香衣切
看 睎也从手下目苦寒切
⿱倝目 看或从倝
瞫 深視也一曰下視也又竊見也从目覃聲式荏切
睡 坐寐也从目垂是僞切
瞑 翕目也从目冥冥亦聲臣鉉等曰今俗別作眠非是武延切
眚 目病生翳也从目生聲所景切
瞥 過目也又目翳也从目敝聲一曰財見也普滅切
眵 目傷眥也从目多聲一曰瞢兜叱支切
䁾 目眵也从目蔑省聲莫結切
⿰目夬 涓目也从目夬聲臣鉉等曰當从決省古穴切
⿰目良 目病也从目良聲力讓切
眛 目不明也从目未聲莫佩切
瞯 戴目也从目閒聲江淮之間謂眄曰瞯戶閒切
眯 艸入目中也从目米聲莫禮切
眺 目不正也从目兆聲他弔切
睞 目童子不正也从目來聲洛代切
睩 目睩謹也从目彔聲讀若鹿盧谷切
⿰攸目 眣也从目攸聲敕鳩切
⿰目丩 脩或从丩
眣

目不正也从目失聲丑栗切

矇 童矇也一曰不明也从目蒙聲莫中切

眇 一目小也从目从少少亦聲亡沼切

眄 目偏合也一曰衺視也秦語从目丏聲莫甸切

䀩 眄也从目各聲盧各切

盲 目無牟子从目亡聲武庚切

[目咸] 目陷也从目咸聲苦夾切

瞽 目但有眹也从目鼓聲公戶切

瞍 無目也从目叜聲穌后切

[熒省目] 惑也从目縈省聲戶扃切

睉 目小也从目坐聲臣鉉等曰案尚書元首叢睉哉叢睉猶細碎也今从肉非是昨禾切

[目叉] 捾目也从目叉聲烏括切

睇 目小視也从目弟聲南楚謂眄曰睇特計切

瞚 開闔目數搖也从目寅聲臣鉉等曰今俗別作瞬非是舒問切

眙 直視也从目台聲丑吏切

眝 長眙也一曰張目也从目宁聲陟呂切

盻 恨視也从目兮聲胡計切

[弗目] 目不明也从目弗聲普未切

文百十三　重九

瞼 目上下瞼也从目僉聲居奄切

眨 目動也从目乏聲側洽切

眭 深目也亦人姓从目圭聲許規切

眹 目精也从目关聲案勝字賸皆从朕聲疑古以朕爲眹直引切

眸 目童子也从目牟聲說文直作牟莫浮切

睚 目際也从目厓五隘切

文六　新附

䀠 左右視也从二目凡䀠之屬皆从䀠讀若拘又若良士瞿瞿九遇切

[䀠𠃊] 目圍也从䀠𠃊讀若書卷之卷古文以爲醜字居倦切

[䀠大] 目衺也从䀠从大大人也舉朱切

文三

眉 目上毛也从目象眉之形上象頟理也凡眉之屬皆从眉武悲切

省 視也从眉省从屮臣鉉等曰屮通識也所景切

[古文省] 古文从少从囧

文二　重一

盾 瞂也所以扞身蔽目象形凡盾之屬皆从盾食閏切

瞂 盾也从盾犮聲扶發切

[盾圭] 盾握也从盾圭聲苦圭切

文三

自 鼻也象鼻形凡自之屬皆从自疾二切

[古文自] 古文自

臱 宮不見也闕武延切

文二　重一

白 此亦自字也省自者詞言之气从鼻出與口相助也凡白之屬皆从白疾二切

皆 俱詞也从比从白古諧切 魯 鈍詞也从白鮺省聲論語曰參也魯郎古切 者 別事詞也从白𣥂聲𣥂古文旅字之也切 𦤎 詞也从白𠷎聲𠷎與疇同虞書帝曰𦤎咨直由切 𥏼 識詞也从白从亏从知知義切 𥏼 古文𥏼 百 十十也从一白數十百爲一貫相章也博陌切 𦣻 古文百从自

文七　重二

鼻 引气自畀也从自畀凡鼻之屬皆从鼻父二切

齅 以鼻就臭也从鼻从臭臭亦聲讀若畜牲之畜許救切 鼾 卧息也从鼻干聲讀若汗侯幹切 鼽 病寒鼻窒也从鼻九聲巨鳩切 𪖙 卧息也从鼻隶聲讀若虺許介切

文五

皕 二百也凡皕之屬皆从皕讀若祕彼力切

奭 盛也从大从皕皕亦聲此燕召公名讀若郝史篇名醜徐鍇曰史篇謂所作倉頡十五篇也詩亦切 𡙁 古文奭

文二　重一

習 數飛也从羽从白凡習之屬皆从習似入切

翫 習猒也从習元聲春秋傳曰翫歲而愒日五換切

文二

羽 鳥長毛也象形凡羽之屬皆从羽王矩切

翨 鳥之彊羽猛者从羽是聲居豉切 翰 天雞赤羽也从羽倝聲逸周書曰大翰若翬雉一名鷐風周成王時蜀人獻之侯幹切 翟 山雉尾長者从羽从隹徒歷切 翡 赤羽雀也出鬱林从羽非聲房味切 翠 青羽雀也出鬱林从羽卒聲七醉切 翦 羽生也一曰美羽从羽前聲即淺切 翁 頸毛也从羽公聲烏紅切 翄 翼也从羽支聲施智切 𦐊 翄或从氏 𦐇 翅也从羽革聲古翮切 翹 尾長毛也从羽堯聲渠遙切 翭 羽本也一曰羽初生皃从羽侯聲乎溝切 翮 羽莖也从羽鬲聲下革切 翑 羽曲也从羽句聲其俱切 羿 羽之羿風亦古諸侯也一曰射師从羽幵聲五計切 翥 飛舉也从羽者聲章庶切 翕 起也从羽合聲許及切 翾 小飛也从羽睘聲許緣切 翬 大飛也从羽軍聲一曰伊雒而南雉五采皆備曰翬詩曰如翬斯飛臣鉉等曰當从揮省許歸切 翏 高飛也从羽从㐱力救切 翩 疾飛也从羽扁聲芳連切 翜 捷也飛之疾也从羽夾聲讀若濇一曰俠也山洽切 翊 飛皃从羽立聲與職切 𦐔 飛盛皃从羽从冃臣鉉等曰犯冃而飛是盛也土盍切 𦏧 飛盛皃从羽之聲侍之切 翱 翱翔也从羽皋聲五牢切 翔 回飛也从羽羊聲似羊切 䎗 飛聲

也从羽歲聲詩曰鳳皇于飛翽翽其羽呼會切

翯 鳥白肥澤皃从羽高聲詩云白鳥翯翯胡角切

翌 樂舞以羽翿自翳其首以祀星辰也从羽王聲讀若皇胡光切

翳 華蓋也从羽殹聲於計切

翇 樂舞執全羽以祀社稷也从羽犮聲讀若紱分勿切

翿 翳也所以舞也从羽𣪊聲詩曰左執翿徒到切

翣 棺羽飾也天子八諸侯六大夫四士二下垂从羽妾聲山洽切

文三十四 重一

翻 飛也从羽番聲或从飛孚袁切

翎 羽也从羽令聲郎丁切

翃 飛聲从羽工聲户公切

文三 新附

隹 鳥之短尾總名也象形凡隹之屬皆从隹 職追切

雅 楚烏也一名鸒一名卑居秦謂之雅从隹牙聲 臣鉉等曰今俗别作鴉非是五下切又五加切

隻 鳥一枚也从又持隹持一隹曰隻二隹曰雙之石切

雒 鵋鵙也从隹各聲盧各切

閵 今閵似鴝鵒而黄从隹両省聲良刃切 藺 籀文不省

巂 周燕也从隹屮象其冠也冏聲一曰蜀王望帝婬其相妻慙亡去爲子巂鳥故蜀人聞子巂鳴皆起云望帝户圭切

䧿 鳥也从隹方聲讀若方府良切

雀 依人小鳥也从小隹讀若爵同即略切

𨾴 鳥也从隹犬聲睢陽有𨾴水五加切

雗 雗鷽也从隹倝聲侯幹切

雉 有十四種盧諸雉喬雉鳪雉鷩雉秩秩海雉翟山雉翰雉卓雉伊洛而南曰翬江淮而南曰搖南方曰𢑥東方曰甾北方曰稀西方曰蹲从隹矢聲直几切 古文雉从弟

雊 雄雌鳴也雷始動雉鳴而雊其頸从隹从句句亦聲古候切

雞 知時畜也从隹奚聲古兮切 鷄 籀文雞从鳥

雛 雞子也从隹芻聲士于切 鶵 籀文雛从鳥

雡 鳥大雛也从隹翏聲一曰雉之莫子爲雡力救切

離 黄倉庚也鳴則蠶生从隹离聲吕支切

雕 鷻也从隹周聲都僚切 鵰 籀文雕从鳥

䧹 鳥也从隹瘖省聲或从人人亦聲 徐鍇曰鷹隨人所指䠶故从人於凌切 鷹 籀文䧹从鳥

𨾊 䧳也从隹氐聲處脂切 鴟 籀文𨾊从鳥

䧳 𨾊也从隹垂聲是僞切

雃 石鳥一名雝𪆫一曰精列从隹幵聲春秋傳秦有士雃苦堅切

雝 雝𪆫也从隹邕聲於容切

雂 鳥也从隹今聲春秋傳有公子苦雂巨淹切

雁 鳥也从隹从人厂聲讀若鴈 臣鉉等曰雁知時鳥大夫以爲摯昏禮用之故从人五晏切

䳘 䳘黄也从隹黎聲一曰楚雀也其色黎黑而黄郎兮切

雐 鳥也从隹虍聲荒烏切

雓 牟母也从隹奴聲人諸切 鴽 雓或从鳥

雇 九雇農桑候鳥扈民不婬者也从隹户聲春雇鳻盾夏雇竊元秋雇竊藍冬雇竊黄棘雇竊丹行雇唶唶宵雇嘖嘖桑雇竊脂老雇鷃也侯古切 雽 雇或从雩 鳸 籀文雇从鳥

鶉 雜屬从隹𦎫聲常倫切

䳺 雜屬从隹酓聲恩含切 籀文雜从鳥

𨾏 鳥也从隹支聲一曰雉度章移切

𨾍 鳥肥大𨾍𨾍也从隹工聲户工切 鳿 𨾍或从鳥

⿰㪚隹 繳⿰㪚隹也从隹㪚聲一曰飛⿰㪚隹也臣鉉等曰繳之若切睪繳以取鳥也穌旰切
隿 繳射飛鳥也从隹弋聲與職切
雄 鳥父也从隹厷聲羽弓切
雌 鳥母也从隹此聲此移切
䍜 覆鳥令不飛走也从网隹讀若到都校切
雋 肥肉也从弓所以射隹長沙有下雋縣徂沇切
⿰隓隹 飛也从隹隓聲山垂切

文三十九　重十二

奞 鳥張毛羽自奮也从大从隹凡奞之屬皆从奞讀若睢息遺切
奪 手持隹失之也从又从奞徒活切
奮 翬也从奞在田上詩曰不能奮飛方問切

文三

萑 鴟屬从隹从𦫳有毛角所鳴其民有旤凡萑之屬皆从萑讀若和胡官切
蒦 規蒦商也从又持萑一曰視遽皃一曰蒦度也徐鍇曰商度也萑善度人禍福也乙虢切
彠 蒦或从尋尋亦度也楚詞曰求矩彠之所同
雚 小爵也从萑吅聲詩曰雚鳴于垤工奐切
舊 雖舊舊留也从萑臼聲
鵂 舊或从鳥休聲

文四　重二

𦫳 羊角也象形凡𦫳之屬皆从𦫳讀若乖工瓦切
乖 戾也从𦫳而兆兆古文別臣鉉等曰兆兵列切篆文分別字也古懷切
芇 相當也闕讀若宀母官切

文三

𥄕 目不正也从𦫳从目凡𥄕之屬皆从𥄕莧从此讀若末徐鍇曰𦫳角戾也模結切
瞢 目不明也从𥄕从旬旬目數搖也木空切
⿱𥄕火 火不明也从𥄕从火𥄕亦聲周書曰布重莧席纖蒻席也讀與蔑同莫結切
蔑 勞目無精也从𥄕人勞則蔑然从戍莫結切

文四

羊 祥也从𦫳象頭角足尾之形孔子曰牛羊之字以形舉也凡羊之屬皆从羊與章切
羋 羊鳴也从羊象聲气上出與牟同意緜婢切
羔 羊子也从羊照省聲古牢切
羜 五月生羔也从羊宁聲讀若煑

直呂切

䍪 六月生羔也从羊敄聲讀若霧已遇切又亡遇切

羍 小羊也从羊大聲讀若達他末切

𦍒 羍或省

䍜 羊未卒歲也从羊兆聲或曰夷羊百斤左右爲䍜讀若春秋盟于洮治小切

羝 牡羊也从羊氐聲都兮切

羒 牂羊也从羊分聲符分切

牂 牡羊也从羊爿聲則郎切

羭 夏羊牡曰羭从羊俞聲羊朱切

羖 夏羊牡曰羖从羊殳聲公戶切

羯 羊羖犗也从羊曷聲居謁切

羠 騬羊也从羊夷聲徐姊切

羳 黃腹羊从羊番聲附袁切

羥 羊名从羊巠聲口莖切

䍧 羊名从羊執聲汝南平輿有䍧亭讀若晉臣鉉曰執非聲未詳即刃切

羸 瘦也从羊𣎆聲臣鉉等曰羊主給膳以瘦爲病故从羊力爲切

䍩 羊相積也从羊委聲於僞切

𦏣 羠積也从羊責聲子賜切

羣 輩也从羊君聲臣鉉等曰羊性好羣故从羊渠云切

𦎗 羣羊相積也一曰黑羊从羊垔聲烏閑切

𦍿 羊名蹏皮可以割桼从羊此聲此思切

美 甘也从羊从大羊在六畜主給膳也美與善同意臣鉉等曰羊大則美故从大無鄙切

羌 西戎牧羊人也从人从羊羊亦聲南方蠻閩从虫北方狄从犬東方貉从豸西方羌从羊此六種也西南僰人僬僥从人蓋在坤地頗有順理之性唯東夷从大大人也夷俗仁仁者壽有君子不死之國孔子曰道不行欲之九夷乘桴浮於海有以也去羊切

𢀶 古文羌如此

羑 進善也从羊久聲文王拘羑里在湯陰與久切

文二十六　重二

羴 羊臭也从三羊凡羴之屬皆从羴式連切

羶 羴或从亶

羼 羊相厠也从羴在尸下尸屋也一曰相出前也初限切

文二　重一

瞿 鷹隼之視也从隹从䀠䀠亦聲凡瞿之屬皆从瞿讀若章句之句九遇切又音衢

矍 隹欲逸走也从又持之瞿瞿也讀若詩云穬彼淮夷之穬一曰視遽皃九縛切

文二

雔 雙鳥也从二隹凡雔之屬皆从雔讀若醻市流切

靃 飛聲也雨而雙飛者其聲靃然呼郭切

雙 隹二枚也从雔又持之所江切

文三

雥 羣鳥也从三隹凡雥之屬皆从雥徂合切

𩁹 鳥羣也从雥𣶒聲烏元切

雧 羣鳥在木上也从雥从木秦入切

集 雧或省

文三　重一

鳥 長尾禽總名也象形鳥之足似匕从匕凡鳥之屬皆从鳥 都了切
鳳 神鳥也天老曰鳳之象也鴻前麐後蛇頸魚尾鸛顙鴛思龍文虎背燕頷雞喙五色備舉出於東方君子之國翺翔四海之外過崐崘飲砥柱濯羽弱水莫宿風穴見則天下大安寧从鳥凡聲馮貢切
朋 古文鳳象形鳳飛羣鳥從以萬數故以爲朋黨字
鵬 亦古文鳳
鸞 亦神靈之精也赤色五采雞形鳴中五音頌聲作則至从鳥䜌聲周成王時氐羌獻鸞鳥洛官切
鸑 鸑鷟鳳屬神鳥也从鳥獄聲春秋國語曰周之興也鸑鷟鳴於岐山江中有鸑鷟似鳧而大赤目五角切
鷟 鸑鷟也从鳥族聲士角切
鷫 鷫鷞也五方神鳥也東方發明南方焦明西方鷫鷞北方幽昌中央鳳皇从鳥肅聲息逐切
鷞 鷫鷞也从鳥爽聲所莊切
𪇰 司馬相如說从叜聲
鳩 鶻鵃也从鳥九聲居求切
鶌 鶌鳩也从鳥屈聲九勿切
鵻 祝鳩也从鳥隹聲思允切
隼 鵻或从隹一一曰鶉字
鶻 鶻鵃也从鳥骨聲古忽切
鵃 鶻鵃也从鳥舟聲張流切
鵴 秸鵴尸鳩从鳥𥷑聲臣鉉等曰𥷑居六切與簐同居六切
鴿 鳩屬从鳥合聲古沓切
鴠 渴鴠也从鳥旦聲得案切
鶪 伯勞也从鳥狊聲古闃切
䳉 鶪或从隹
鷚 天鸙也从鳥翏聲力救切
鸒 卑居也从鳥與聲羊茹切
鷽 雗鷽山鵲知來事鳥也从鳥學省聲胡角切
雤 鷽或从隹
鷲 鳥黑色多子師曠曰南方有鳥名曰羌鷲黃頭赤目五色皆備从鳥就聲疾僦切
鴞 鴟鴞寧鴂也从鳥号聲于嬌切
鴂 寧鴂也从鳥夬聲古穴切
⿰祟鳥 鳥也从鳥祟聲辛聿切
鴋 澤虞也从鳥方聲分兩切
⿰截鳥 鳥也从鳥截聲子結切
⿰秦鳥 鳥也从鳥秦聲親吉切
鴩 鋪豉也从鳥失聲臣鉉等曰鋪豉鳥名徒結切
鶤 鶤雞也从鳥軍聲讀若運古渾切
⿰芺鳥 鳥也从鳥芺聲烏浩切
⿱臼鳥 鳥也从鳥臼聲居玉切
鷦 鷦䳟桃蟲也从鳥焦聲即消切
䳟 鷦䳟也从鳥眇聲亡沼切
鶹 鳥少美長醜爲鶹離从鳥留聲力求切
鷬 鳥也从鳥堇聲那干切
難 鷬或从隹
𪅹 古文鷬
𪆔 古文鷬
𪆢 古文鷬
鶨 欺老也从鳥彖聲丑絹切
⿰兑鳥 鳥也从鳥說省聲弋雪切
鴸 鳥也从鳥主聲天口切
鶠 鳥也其雌皇从鳥匽聲一曰鳳皇也於幰切
鴖 鳥也从鳥昏聲武巾切
鷯 刀鷯剖葦食其中蟲从鳥尞聲洛蕭切
鴲 瞑鴲也从鳥旨聲旨夷切
鵅 烏鸔也从鳥各聲盧各切
鸔 烏鸔也从鳥暴聲蒲木切
鶴 鳴九皋聲聞于天从鳥隺聲下各切
鷺 白鷺也从鳥路聲洛故切
鵠 鴻鵠也从鳥告聲胡沃切
鴻 鴻鵠也从鳥江聲戶工切
⿰赤鳥 禿⿰赤鳥也从鳥赤聲臣鉉等曰赤非聲未詳七由切
鶖 ⿰赤鳥或从秋
鴛 鴛鴦也从鳥夗聲於袁切
鴦 鴛鴦也从鳥央聲於良切
鵽 鵽鳩也从鳥叕聲丁刮切

鵱 蔞鵝也从鳥坴聲力竹切
鴚 鴚鵝也从鳥可聲古俄切
鵝 鴚鵝也从鳥我聲五何切
鴈 鵝也从鳥人厂聲 臣鉉等曰从人从厂義無所取當从雁省聲五晏切
鶩 舒鳧也从鳥敄聲莫卜切
鷖 鳧屬从鳥殹聲詩曰鳧鷖在梁烏雞切
⿰契鳥 ⿰契鳥⿰辥鳥鳧屬从鳥契聲古節切
⿰辥鳥 ⿰契鳥⿰辥鳥也从鳥辥聲魚列切
鸏 水鳥也从鳥蒙聲莫紅切
鷸 知天將雨鳥也从鳥矞聲禮記曰知天文者冠鷸余律切
⿰遹鳥 鷸或从遹
鸊 鸊鷉也从鳥辟聲普擊切
鷉 鸊鷉也从鳥虒聲土雞切
鸕 鸕鷀也从鳥盧聲洛乎切
鷀 鸕鷀也从鳥茲聲疾之切
鷧 鷀也从鳥壹聲乙冀切
鴔 鴔鵖也从鳥乏聲平立切
鵖 鴔鵖也从鳥皀聲彼及切
鴇 鳥也肉出尺胾从鳥𠦄聲博好切
鳵 鴇或从包
⿰渠鳥 雝⿰渠鳥也从鳥渠聲強魚切
鷗 水鴞也从鳥區聲烏侯切
⿰犮鳥 鳥也从鳥犮聲讀若撥蒲達切
鷛 鳥也从鳥庸聲余封切
鶂 鳥也从鳥兒聲春秋傳曰六鶂退飛五歷切
鷊 鶂或从鬲
⿰赤鳥 司馬相如說鶂从赤
鴺 鴺胡污澤也从鳥夷聲杜兮切
鵜 鴺或从弟
鴗 天狗也从鳥立聲力入切
鶬 麋鴰也从鳥倉聲七岡切
雓 鶬或从隹
鴰 麋鴰也从鳥昏聲古活切
鵁 鵁鶄也从鳥交聲一曰鵁鸕也古肴切
鶄 鵁鶄也从鳥青聲子盈切
鳽 鵁鶄也从鳥幵聲古賢切
⿰箴鳥 ⿰箴鳥鴜也从鳥箴聲職深切
鴜 ⿰箴鳥鴜也从鳥此聲即夷切
鷻 雕也从鳥敦聲詩曰匪鷻匪鳶度官切
⿱屰鳥 鷙鳥也从鳥屰聲 臣鉉等曰屰非聲一本从弋疑从雚省今俗別作鳶非是與專切
鷳 鴟也从鳥閒聲戶閒切
鷂 鷙鳥也从鳥䍃聲弋笑切
鷢 白鷢王鴡也从鳥厥聲居月切
鴡 王鴡也从鳥且聲七余切
鸛 鸛專畐蹂如誰短尾射之銜矢射人从鳥雚聲呼官切
鸇 鷐風也从鳥亶聲諸延切
⿰廛鳥 籀文鸇从廛
鷐 鷐風也从鳥晨聲植鄰切
鷙 擊殺鳥也从鳥執聲脂利切
鴥 鸇飛皃从鳥穴聲詩曰鴥彼晨風余律切
鶯 鳥也从鳥榮省聲詩曰有鶯其羽烏莖切
鴝 鴝鵒也从鳥句聲其俱切
鵒 鴝鵒也从鳥谷聲古者鴝鵒不踰泲余蜀切
雤 鵒或从隹从臾
鷩 赤雉也从鳥敝聲周禮曰孤服鷩冕并列切
鵔 鵔鸃鷩也从鳥夋聲私閏切
鸃 鵔鸃也从鳥義聲秦漢之初侍中冠鵔鸃冠魚羈切
⿰啇鳥 雉屬戇鳥也从鳥適省聲都歷切
鶡 似雉出上黨从鳥曷聲胡割切
鴧 鳥似鶡而青出羌中从鳥介聲古拜切
鸚 鸚䳇能言鳥也从鳥嬰聲烏莖切
䳇 鸚䳇也从鳥母聲文甫切
鷮 走鳴長尾雉也乘輿以為防釳著馬頭上从鳥喬聲巨嬌切
鷕 雌雉鳴也从鳥唯聲詩曰有鷕雉鳴以沼切
鸓 鼠形飛走且乳之鳥也从鳥畾聲力軌切
鸓 籀文鸓
鶾 雉肥鶾音者也从鳥倝聲魯郊以丹雞祝曰以斯鶾音赤羽去魯侯之咎侯幹切
鴳 雇也从鳥安聲烏諫切
鴆 毒鳥也从鳥冘聲一曰運日直禁切
鷇 鳥子生哺者从鳥㱿聲口豆切
鳴 鳥聲也从鳥从口武兵切
鶱 飛皃从鳥寒省聲虛言切
鳻 鳥聚皃一曰飛皃从鳥分

聲府文切

文百十六　重十九

鷓 鷓鴣鳥名从鳥庶聲之夜切 鴣 鷓鴣也从鳥古聲古乎切 鴨 鶩也俗謂之鴨从鳥甲聲烏狎切 鶒 谿鶒水鳥从鳥式聲恥力切

文四　新附

烏 孝鳥也象形孔子曰烏眄呼也取其助气故以爲烏呼凡烏之屬皆从烏 哀都切臣鉉等曰今俗作嗚非是

烏 古文烏象形 烏 象古文烏省

舄 䧿也象形七雀切 䧿 篆文舄从隹昔

焉 焉鳥黄色出於江淮象形凡字朋者羽蟲之長烏者日中之禽舄者知太歲之所在燕者請子之候作巢避戊己所貴者故皆象形焉亦是也有乾切

文三　重三

說文解字第四上

說文解字第四下

漢太尉祭酒許愼記

銀青光祿大夫守右散騎常侍上柱國東海縣開國子食邑五百户臣徐鉉等奉

敕校定

華 箕屬所以推棄之器也象形凡華之屬皆从華官溥說北潘切

畢 田罔也从華象畢形微也或曰由聲臣鉉等曰由音弗卑吉切

糞 棄除也从廾推華棄采也官溥說似米而非米者矢字方問切

棄 捐也从廾推華棄之从𠫓𠫓逆子也臣鉉等曰𠫓他忽切詰利切

弃 古文棄

𢀩 籀文棄

文四　重二

冓 交積材也象對交之形凡冓之屬皆从冓古候切

再 一舉而二也从冓省作代切

爯 并舉也从爪冓省處陵切

文三

幺 小也象子初生之形凡幺之屬皆从幺於堯切

幼 少也从幺从力伊謬切

文二

麼 細也从幺麻聲亡果切

文一　新附

𢆶 微也从二幺凡𢆶之屬皆从𢆶於虯切

幽 隱也从山中𢆶𢆶亦聲於虯切

幾 微也殆也从𢆶从戍戍兵守也𢆶而兵守者危也居衣切

文三

叀 專小謹也从幺省屮財見也屮亦聲凡叀之屬皆从叀職緣切

𠀬 古文叀

𠂾 亦古文叀

惠 仁也从心从叀徐鍇曰爲叀者心專也胡桂切

𢡆 古文惠从芔

疐 礙不行也从叀引而止之也叀者如叀馬之鼻从此與牽同意陟利切

文三　重三

玄 幽遠也黑而有赤色者爲玄象幽而入覆之

也凡玄之屬皆从玄 胡涓切

古文玄

黑也从二玄春秋傳曰何故使吾水兹子之切

文二 重一

黑色也从玄旅省聲義當用黸洛乎切

文一 新附

推予也象相予之形凡予之屬皆从予 余呂切

伸也从舍从予予亦聲一曰舒緩也傷魚切

相詐惑也从反予周書曰無或譸張爲幻 胡辦切

文三

逐也从攴方聲凡放之屬皆从放 甫妄切

出游也从出从放五牢切

光景流也从白从放讀若龠以灼切

文二

物落上下相付也从爪从又凡𠬪之屬皆从𠬪讀若詩摽有梅 平小切

引也从𠬪从于籀文以爲車轅字羽元切

治也幺子相亂𠬪治之也讀若亂同一曰理也徐鍇曰冂坰也界也郎段切

古文𤔔

相付也从𠬪舟省聲殖酉切

撮也从𠬪从己臣鉉等曰己者物也又爪掫取之指事力輟切

引也从𠬪𠂆臣鉉等曰𠂆音曳𠬪二手也而曳之爭之道也側莖切

所依據也从𠬪工讀與隱同於謹切

五指持也从𠬪一聲讀若律呂戌切

進取也从𠬪古聲古覽切

籀文𠭥

古文𢽏

文九 重三

殘穿也从又从𣦼凡𣦼之屬皆从𣦼讀若殘 昨干切

溝也从𣦼从谷讀若郝呼各切

叡或从土

𣦼探堅意也从𣦼从貝貝堅寶也讀若概古代切

深明也通也从𣦼从目从谷省以芮切

古文叡

籀文叡从土

坑也从𣦼从井井亦聲疾正切

文五 重三

列骨之殘也从半冎凡𣦵之屬皆从𣦵讀若櫱岸之櫱 徐鍇曰冎剔肉置骨也𣦵殘骨也故从半冎臣鉉等曰義不應有中一秦石刻文有之五割切

古文歺

病也从歺委聲於爲切

瞀也从歺昏聲呼昆切

胎敗也从歺賣聲徒谷切

終也从歺勿聲莫勃切

歾或从𠬸

大夫死曰𣨛从歺卒聲子聿切

死也从歺朱聲漢令曰蠻夷長有罪當殊之市朱切

胎敗也从歺昷聲烏沒切
不成人也人年十九至十六死為長殤十五至十二死為中殤十一至八歲死為下殤从歺傷省聲式陽切
往死也从歺且聲虞書曰勛乃殂昨胡切
古文殂从歺从作
殊也从歺亟聲虞書曰殛鯀于羽山己力切
死也从歺壹聲於計切
古文殪从死
死宋募也从歺莫聲莫各切
死在棺將遷葬柩賓遇之从歺从賓賓亦聲夏后殯於阼階殷人殯於兩楹之閒周人殯於賓階必刃切
瘞也从歺隶聲羊至切
道中死人人所覆也从歺堇聲詩曰行有死人尚或殣之渠吝切
腐气也从歺臭聲尺救切
爛也从歺貴聲胡對切
腐也从歺丂聲許久切
㱙或从木
危也从歺台聲徒亥切
咎也从歺央聲於良切
賊也从歺戔聲昨干切
盡也从歺㐱聲徒典切
古文殄如此
微盡也从歺韱聲春秋傳曰齊人殲于遂子廉切
殛盡也从歺單聲都寒切
敗也从歺睪聲商書曰彝倫攸殬當故切
畜產疫病也从歺羸郎果切
殺羊出其胎也从歺豈聲五來切
禽獸所食餘也从歺从肉昨干切
脂膏久殖也从歺直聲常職切
枯也从歺古聲苦孤切
棄也从歺奇聲俗語謂死曰大殦去其切

文三十二　重六

澌也人所離也从歺从人凡死之屬皆从死息姊切

古文死如此
公侯殌也从死瞢省聲呼肱切
死人里也从死蒿省聲呼毛切
戰見血曰傷亂或為惛死而復生為𣦸从死次聲咨四切

文四　重一

剮人肉置其骨也象形頭隆骨也凡冎之屬皆从冎古瓦切

分解也从冎从刀憑列切
別也从冎卑聲讀若罷府移切

文三

肉之覈也从冎有肉凡骨之屬皆从骨古忽切

髑髏頂也从骨蜀聲徒谷切
髑髏也从骨婁聲洛侯切
肩甲也从骨尃聲補各切
肩前也从骨禺聲午口切
并脅也从骨并聲晉文公骿脅臣鉉等曰骿胝字同今別作胼非部田切
股也从骨卑聲并弭切
古文髀
髀骨也从骨果聲苦臥切
臀骨也从骨厥聲居月切
髀上也从骨寬聲苦官切
厀耑也从骨賓聲毗忍切
骨耑也从骨昏聲古活切
厀脛閒骨也从骨貴聲丘媿切
脛也从骨交聲口交切
骹也从骨干聲

古案切

骸 脛骨也从骨亥聲戶皆切

髓 骨中脂也从骨隓聲息委切

𩩓 骨閒黃汁也从骨易聲讀若易曰夕惕若厲他歷切

體 總十二屬也从骨豊聲他禮切

髍 瘺病也从骨麻聲莫鄱切

骾 食骨留咽中也从骨更聲古杏切

骼 禽獸之骨曰骼从骨各聲古覈切

骴 鳥獸殘骨曰骴骴可惡也从骨此聲明堂月令曰掩骼薶骴骴或从肉資四切

骫 骨耑骫奊也从骨丸聲於詭切

䯤 骨擿之可會髮者从骨會聲詩曰䯤弁如星古外切

文二十五　重一

肉 胾肉象形凡肉之屬皆从肉 如六切

腜 婦始孕腜兆也从肉某聲莫桮切

肧 婦孕一月也从肉不聲匹桮切

胎 婦孕三月也从肉台聲土來切

肌 肉也从肉几聲居夷切

臚 皮也从肉盧聲力居切

膚 籒文臚

肫 面頯也从肉屯聲章倫切

䐚 頰肉也从肉幾聲讀若畿居衣切

脣 口耑也从肉辰聲食倫切

䫃 古文脣从頁

脰 項也从肉豆聲徒候切

肓 心上鬲下也从肉亡聲春秋傳曰病在肓之下呼光切

腎 水藏也从肉臤聲時忍切

肺 金藏也从肉市聲芳吠切

脾 土藏也从肉卑聲符支切

肝 木藏也从肉干聲古寒切

膽 連肝之府从肉詹聲都敢切

胃 穀府也从肉囟象形云貴切

脬 膀光也从肉孚聲匹交切

腸 大小腸也从肉昜聲直良切

膏 肥也从肉高聲古勞切

肪 肥也从肉方聲甫良切

膺 胷也从肉雁聲於陵切

肊 胷骨也从肉乙聲於九切

臆 肊或从意

背 脊也从肉北聲補妹切

脅 兩膀也从肉劦聲虛業切

膀 脅也从肉旁聲步光切

髈 膀或从骨

脟 脅肉也从肉寽聲一曰脟腸閒肥也一曰膫也力輟切

肋 脅骨也从肉力聲盧則切

胂 夾脊肉也从肉申聲矢人切

脢 背肉也从肉每聲易曰咸其脢莫桮切

肩 髆也从肉象形古賢切

肩 俗肩从戶

胳 亦下也从肉各聲古各切

胠 亦下也从肉去聲去劫切

臂 手上也从肉辟聲卑義切

臑 臂羊矢也从肉需聲讀若襦那到切

肘 臂節也从肉从寸寸手寸口也陟柳切

齎 肶齎也从肉齊聲徂兮切

腹 厚也从肉复聲方六切

腴 腹下肥也从肉臾聲羊朱切

脽 𡰪也从肉隹聲示隹切

胅 孔也从肉決省聲讀若決水之決古穴切

胯 股也从肉夸聲苦故切

股 髀也从肉殳聲公戶切

腳 脛也从肉卻聲居勺切

脛 胻也从肉巠聲胡定切

胻 脛耑也从肉行聲戶更切

腓 脛腨也从肉非聲符飛切

腨 腓腸也从肉耑聲市沇切

职 體四职也从肉只聲章移切

肢 职或从支

胲 足大指毛也从肉亥聲古哀切

肖 骨肉相似也从肉小聲不似其先故曰不肖也私妙切

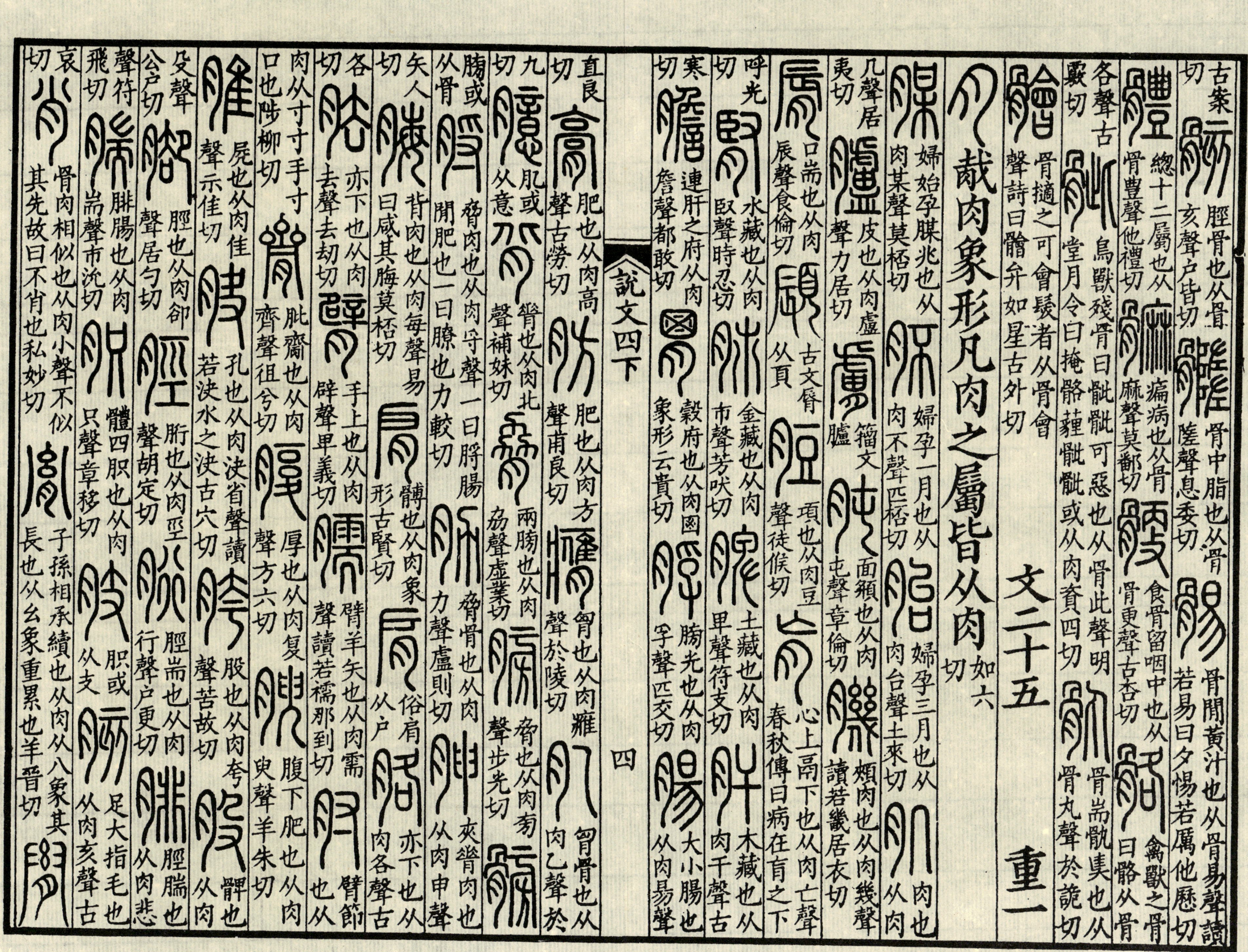

胤 子孫相承續也从肉从八象其長也从幺象重累也羊晉切

古文胤

胄 胤也从肉由聲直又切

肸 振肸也从肉八聲許訖切

膻 肉膻也从肉亶聲詩曰膻裼暴虎徒旱切

𦡎 益州鄙言人盛諱其肥謂之𦡎从肉襄聲如兩切

⿰月皆 臞也从肉皆聲古諧切

臞 少肉也从肉瞿聲其俱切

脫 消肉臞也从肉兌聲徒活切

脙 齊人謂臞脙也从肉求聲讀若休止巨鳩切

臠 臞也从肉䜌聲一曰切肉臠也詩曰棘人臠臠兮力沇切

膌 瘦也从肉𤕫聲資昔切

⿸疒朿 古文膌从疒从朿朿亦聲

脀 騃也从肉丞聲讀若丞署陵切

胗 脣瘍也从肉㐱聲之忍切

疹 籀文胗从疒

腄 瘢胝也从肉垂聲竹垂切

胝 腄也从肉氏聲从尼切

肬 贅也从肉尤聲羽求切

⿰黑尤 籀文肬从黑

肒 搔生創也从肉丸聲胡岸切

腫 癰也从肉重聲之隴切

胅 骨差也从肉失聲讀與跌同徒結切

脪 創肉反出也从肉希聲香近切

⿰月引 瘢也从肉引聲一曰遽也羊晉切

臘 冬至後三戌臘祭百神从肉巤聲盧盍切

膢 楚俗以二月祭飲食也从肉婁聲一曰祈穀食新曰離膢力俱切

朓 祭也从肉兆聲土了切

胙 祭福肉也从肉乍聲臣鉉等曰今俗別作祚非是昨誤切

隋 裂肉也从肉从隓省徒果切

膳 具食也从肉善聲常衍切

腬 嘉善肉也从肉柔聲耳由切

肴 啖也从肉爻聲徐鍇曰謂已修庖之可食也胡茅切

腆 設膳腆腆多也从肉典聲他典切

⿱典回 古文腆

腯 牛羊曰肥豕曰腯从肉盾聲他骨切

䏟 肥肉也从肉必聲蒲結切

胡 牛顄垂也从肉古聲戶孤切

胘 牛百葉也从肉弦省聲胡田切

膍 牛百葉也从肉𣬉聲一曰鳥膍胵房脂切

肶 膍或从比

胵 鳥胃也从肉至聲一曰胵五藏總名也處脂切

膘 牛脅後髀前合革肉也从肉票聲讀若繇敫紹切

⿰月帥 血祭肉也从肉帥聲呂戌切

膟 ⿰月帥或从率

膫 牛腸脂也从肉尞聲詩曰取其血膫洛蕭切

膋 膫或从勞省聲

脯 乾肉也从肉甫聲方武切

脩 脯也从肉攸聲息流切

膎 脯也从肉奚聲戶皆切

脼 膎肉也从肉兩聲良獎切

膊 薄脯膊之屋上从肉尃聲匹各切

脘 胃府也从肉完聲讀若患舊云脯古卵切

朐 脯挺也从肉句聲其俱切

膴 無骨腊也楊雄說鳥腊也从肉無聲周禮有膴判讀若謨荒烏切

胥 蟹醢也从肉疋聲相居切

腒 北方謂鳥腊曰腒从肉居聲傳曰堯如腊舜如腒九魚切

肍 孰肉醬也从肉九聲讀若舊巨鳩切

䐹 乾魚尾䐹䐹也从肉肅聲周禮有腒䐹所鳩切

腝 有骨醢也从肉耎聲人移切

臡 腝或从難

脠 生肉醬也从肉延聲丑連切

⿰月否 豕肉醬也从肉否聲薄口切

胹 爛也从肉而聲如之切

⿰月員 切孰肉內於血中和也从肉員聲讀若遜穌本切

胜 犬膏臭也从肉生聲一曰不孰也桑經切

臊 豕膏臭也从肉喿聲穌遭切

膮 豕肉羹也从肉堯聲許幺切

腥 星見食豕令肉中生小息肉也从肉从星星亦聲穌佞切

脂 戴角者脂無角者膏从肉旨聲旨夷切

⿰月𧴪 腎也从肉𧴪聲酥果切
膩 上肥也从肉貳聲女利切
膜 肉閒胲膜也从肉莫聲慕各切
䐞 肉表革裏也从肉弱聲而勺切
𦞦 肉羹也从肉隺聲呼各切
膹 𦞦也从肉賁聲房吻切
臇 𦞦也从肉雋聲讀若纂子沇切
⿰火巽 臇或从火巽
胾 大臠也从肉𢦔聲側吏切
䐑 薄切肉也从肉枼聲直葉切
膾 細切肉也从肉會聲古外切
腌 漬肉也从肉奄聲於業切
脃 小耎易斷也从肉从絕省此芮切
膬 耎易破也从肉毳聲七絕切
散 雜肉也从肉㪔聲穌旰切
膞 切肉也从肉專聲市沇切
腏 挑取骨閒肉也从肉叕聲讀若詩曰啜其泣矣陟劣切
⿱𩙿士 食所遺也从肉仕聲易曰噬乾⿱𩙿士阻史切
胏 楊雄說⿱𩙿士从𠂔
⿰月臽 食肉不猒也从肉臽聲讀若陷戶猎切
肰 犬肉也从肉犬讀若然如延切
𦙍 古文然
㸐 亦古文然
⿰月真 起也从肉真聲昌真切
⿰月冘 肉汁滓也从肉冘聲他感切
膠 昵也作之以皮从肉翏聲古肴切
⿱亡⿰月凡 或曰嘼名象形闕郎果切
胆 蠅乳肉中也从肉且聲七余切
肙 小蟲也从肉口聲一曰空也烏元切臣鉉等曰口音韋
腐 爛也从肉府聲扶兩切
肎 骨閒肉肎肎箸也从肉从冎省一曰骨無肉也苦等切
𠕎 古文肎
肥 多肉也从肉从卪臣鉉等曰肉不可過多故从卪符非切

文一百四十　重二十

⿰月啓 肥腸也从肉啓省聲康禮切
脧 赤子陰也从肉夋聲或从血子回切
腔 內空也从肉从空空亦聲苦江切
⿰月旬 ⿰月旬⿰月忍蟲名漢中有⿰月旬⿰月忍縣地下多此蟲因以爲名从肉旬聲考其義當作潤蠢如順切
⿰月忍 ⿰月旬⿰月忍也从肉忍聲尺尹切

文五　新附

筋 肉之力也从力从肉从竹竹物之多筋者凡筋之屬皆从筋 居銀切
⿱𥫗⿰月夗 筋之本也从筋从夗省聲渠建切
腱 筋或从建
⿱𥫗⿰月勹 手足指節鳴也从筋省勹聲北角切
肑 筋或省竹

文三　重二

刀 兵也象形凡刀之屬皆从刀 都牢切
⿰缶刀 刀握也从刀缶聲方九切
⿰咢刀 刀劒刃也从刀咢聲臣鉉等曰今俗作鍔非是五各切
⿱⿰丯刀各 籒文⿰咢刀从㓞从各
削 鞞也一曰析也从刀肖聲息約切
⿰句刀 鎌也从刀句聲古侯切
剴 大鎌也一曰摩也从刀豈聲五來切
剞 剞劂曲刀也从刀奇聲居綺切
劂 剞劂也从刀屈聲九勿切
利 銛也从刀和然後利从和省易曰利者義之和也力至切
𥝢 古文利
剡 銳利也从刀炎聲

以冄切

初 始也从刀从衣裁衣之始也楚居切

歬 齊斷也从刀歬聲子善切

則 等畫物也从刀从貝貝古之物貨也子德切

則 古文則

則 亦古文則

則 籀文則从鼎

剛 彊斷也从刀岡聲古郎切

剛 古文剛如此

剬 斷齊也从刀耑聲旨兖切

劊 斷也从刀會聲古外切

切 刌也从刀七聲千結切

刌 切也从刀寸聲倉本切

𠜲 斷也从刀辥聲私列切

刉 劃傷也从刀气聲一曰斷也又讀若殪一曰刀不利於瓦石上刉之古外切

劌 利傷也从刀歲聲居衛切

刻 鏤也从刀亥聲苦得切

副 判也从刀畐聲周禮曰副辜祭芳逼切

疈 籀文副

剖 判也从刀咅聲浦后切

辨 判也从刀辡聲蒲莧切

判 分也从刀半聲普半切

剫 判也从刀度聲徒洛切

刳 判也从刀夸聲苦孤切

列 分解也从刀𡿪聲良辥切

刊 剟也从刀干聲苦寒切

剟 刊也从刀叕聲陟劣切

刪 剟也从刀冊冊書也所姦切

劈 破也从刀辟聲普擊切

剝 裂也从刀从彔彔刻割也彔亦聲北角切

𠞞 剝或从卜

割 剝也从刀害聲古達切

剺 剝也劃也从刀𠩺聲里之切

劃 錐刀曰劃从刀从畫畫亦聲呼麥切

剈 挑取也从刀肙聲一曰窒也烏元切

劀 刮去惡創肉也从刀矞聲周禮曰劀殺之齊古鎋切

劑 齊也从刀从齊齊亦聲在詣切

刷 刮也从刀㕞省聲禮布刷巾所劣切

刮 掊把也从刀𠯑聲古八切

剽 砭刺也从刀票聲一曰剽劫人也匹妙切

刲 刺也从刀圭聲易曰士刲羊苦圭切

剉 折傷也从刀坐聲麤臥切

剿 絕也从刀喿聲周書曰天用剿絕其命子小切

刖 絕也从刀月聲魚厥切

刜 擊也从刀弗聲分勿切

⿰桼刂 傷也从刀桼聲親結切

劖 斷也从刀毚聲一曰剽也釗也鉏銜切

刓 剸也从刀元聲一曰齊也五丸切

釗 刓也从刀从金周康王名止遥切

制 裁也从刀从未未物成有滋味可裁斷一曰止也征例切

制 古文制如此

⿰占刂 缺也从刀占聲詩曰白圭之⿰占刂丁念切

罰 辠之小者从刀从詈未以刀有所賊但持刀罵詈則應罰房越切

刵 斷耳也从刀从耳仍吏切

劓 刑鼻也从刀臬聲易曰天且劓魚器切

劓 臬或从鼻

刑 剄也从刀幵聲戶經切

剄 刑也从刀巠聲古零切

⿰尊刂 減也从刀尊聲茲損切

魝 楚人謂治魚也从刀从魚讀若鍥古屑切

券 契也从刀𢍏聲券別之書以刀判契其旁故曰契券去願切

刺 君殺大夫曰刺刺直傷也从刀从朿朿亦聲七賜切

剔 解骨也从刀易聲他歷切

文六十二 重九

刎 剄也从刀勿聲武粉切

剜 削也从刀宛聲一丸切

劇 尤甚也从刀未詳豦聲渠力切

剎 柱也从刀未詳殺省聲初轄切

文四 新附

刃 刀堅也象刀有刃之形凡刃之屬皆从刃而振切

刅 傷也从刃从一楚良切 創 或从刀倉聲臣鉉等曰今俗別作瘡非是也 劍 人所帶兵也从刃僉聲居欠切 劒 籒文劒从刀

文三　重二

㓞 巧㓞也从刀丰聲凡㓞之屬皆从㓞恪八切

契 齘契刮也从㓞夬聲一曰契畫堅也古黠切 栔 刻也从㓞从木苦計切

文三

丯 艸蔡也象艸生之散亂也凡丯之屬皆从丯讀若介古拜切

⿰丯各 技挌也从丯各聲古百切

文二

耒 手耕曲木也从木推丯古者垂作耒枱以振民也凡耒之屬皆从耒盧對切

耕 犂也从耒井聲一曰古者井田古莖切 耦 耒廣五寸爲伐二伐爲耦从耒禺聲五口切 耤 帝耤千畝也古者使民如借故謂之耤从耒昔聲秦昔切 ⿰耒圭 冊又可以劃麥河內用之从耒圭聲古攜切 ⿰耒員 除苗間穢也从耒員聲羽文切 ⿰耒芸 ⿰耒員或从芸 耡 商人七十而耡耡耤稅也从耒助聲周禮曰以興耡利萌牀倨切

文七　重一

角 獸角也象形角與刀魚相似凡角之屬皆从角古岳切

䚲 揮角皃从角雚聲梁隱縣有䚲亭又讀若繵況袁切 觻 角也从角樂聲張掖有觻得縣盧谷切 䚡 角中骨也从角思聲穌來切 觠 曲角也从角𢍏聲巨員切 觬 角觬曲也从角兒聲西河有觬氏縣研啓切 觢 一角仰也从角㓞聲易曰其牛觢臣鉉等曰當从契省乃得聲尺制切 ⿰角虒 角傾也从角虒聲敕豕切 觭 角一俛一仰也从角奇聲去奇切 觓 角皃从角丩聲詩曰兕觵其觓渠幽切 ⿰角畏 角曲中也从角畏聲烏賄切 ⿰爿角 角長皃从角爿聲士角切 ⿰角厥 角有所觸發也从角厥聲居月切 觸 抵也从角蜀聲尺玉切 觲 用角低仰便也从羊牛角詩曰觲觲角弓息營切 ⿰角公 舉角也从角公聲古雙切 觷 治角也从角學省聲胡角切 衡 牛觸橫大木其角从角从大行聲詩曰設其楅衡戶庚切 㮚 古文衡如此 ⿰角耑 角⿰角耑獸也狀似豕角善爲

弓出胡休多國从角耑聲多官切

觰 觰拏獸也从角者聲一曰下大者也陟加切

觤 羊角不齊也从角危聲過委切

觟 牝牂羊生角者也从角圭聲下瓦切

觡 骨角之名也从角各聲古百切

觜 鴟舊頭上角觜也一曰觜觿也从角此聲遵爲切

解 判也从刀判牛角一曰解廌獸也佳買切又戶賣切

觿 佩角鋭耑可以解結从角巂聲詩曰童子佩觿戶圭切

觵 兕牛角可以飲者也从角黃聲其狀觵觵故謂之觵古橫切

觥 俗觵从光

觶 鄉飲酒角也禮曰一人洗舉觶觶受四升从角單聲臣鉉等曰當从戰省乃得聲之義切

𧮯 觶或从辰

觗 禮經觶

觛 小觶也从角旦聲徒旱切

觴 觶實曰觴虛曰觶从角煬省聲式陽切

𧢼 籒文觴从爵省

觚 鄉飲酒之爵也一曰觴受三升者謂之觚从角瓜聲古乎切

𧣒 角上也从角亘聲讀若讙臣鉉等曰亘音宣俗作古鄧切篆文有異況袁切

⿰角敫 杖耑角也从角敫聲胡狄切

觼 環之有舌者从角敻聲古穴切

鐍 觼或从金矞

⿰角弱 調弓也从角弱省聲於角切

⿰角發 雉射收繁具也从角發聲方肺切

⿰角酋 雉射收繳具从角酋聲讀若鰌字秋切

觳 盛觵卮也一曰射具从角㱿聲讀若斛胡谷切

觱 羌人所吹角屠觱以驚馬也从角𩫖聲𩫖古文誖字卑吉切

文三十九 重六

說文解字弟四下